빙도

* 이 책은 충남문화재단에서 사업비 일부를 지원받았습니다.

서순희소설집

冰 빙도
島

2017년 7월 24일 제1판 제1쇄 발행
2017년 12월 11일 제1판 제2쇄 발행

지은이   서순희
펴낸이   강봉구

펴낸곳   작은숲출판사
등록번호 제406-2013-0000801호
주소   경기도 파주시 신촌로 21-30(신촌동)
전화   070-4067-8560
팩스   0505-499-8560
홈페이지 http://cafe.daum.net/littlef2010
페이스북 http://www.facebook.com/littlef2010
이메일   littlef2010@daum.net

ⓒ서순희

ISBN 979-11-6035-016-6   03810
값은 뒤표지에 있습니다.

빙도

서 순 희 소 설 집

水島

작은숲

차례

빙도 冰島

버스에서 내렸을 때는, 태양이 가뭇없이 사라진 뒤였다. 아직도 안구를 태울 듯 한낮의 뜨겁던 열기가 남아 아스팔트가 눅진눅진했다. 석진은, 시장기를 느껴 발걸음을 재촉했다. 방조제 길가에 늘어 선 가로등이 하나둘씩 켜지기 시작했다. 희미한 가로등 불빛에 드러난 주변은, 살갗이 트듯 짝짝 갈라진 회색빛 땅이었다. 해홍나물, 나문재, 칠면초, 퉁퉁마디 등 소금기 있는 땅에서 자라는 잡초들은 제초제를 뿌린 듯 누렇게 시들어 있었다. 흰색 철책만 불빛에 반사되어 페인트칠이 묻어날 듯 선명했다.

집까지 가려면 아스팔트를 따라 이 킬로미터쯤 더 가야 했다. 석진이 나고 자란 이곳 빙도는, 한때는 광천천이 흘러와 바닷물이 만나는 지점에 있는 아름다운 섬이었다. 잘피가 무성해 잔고기의 인큐베이터 역할을 해 알을 가진 어미고기들이 많이 모여 들었다. 갯벌엔 바지락, 가무락, 백합, 주꾸미, 낙지가 지천이었고, 소라, 굴, 눈알고둥, 비트리고둥, 보말, 맵사리 등 갖가지 고둥이 바위벽에 부스럼 딱지처럼 붙어 있지만, 겨울이면 민물이 합쳐진 섬 주변에 수정 덩어리처럼 맑은 얼음이 뜬다고 빙도(冰島)라 했다.

빙도에 바다를 막는다는 소문이 돌더니 어느 날 누군가 찾아와서 거기에 동의하는 도장을 찍어 달라고 했다. 빙도 사람들은, 한번 파괴된 개펄은 복원하기 힘들다거나 바다를 막는 일은 국토를 훼손하는 일인 것 따위는 관심도 없고 몇 푼의 보상을 받고 도장을 찍어 줬다. 그것이 얼마나 경솔했는지 나중에 깨달았다. 바다에 의지해 살던 사람들은 일터를 잃었고 모두 외지로 떠나야 했다. 빙도는 이제 농사도 지을 수 없는 아무짝에도 쓸모없는 땅이 되어 버렸다. 아니, 되돌릴 수 있는 것은 아무것도 없었다.

지금 그 빙도에 남아 있는 것은 석진네와 영호네 두 집뿐이었다. 영호네는, 오랫동안 가축을 키웠지만 현재 구제역으로 실직한 상태였다.

아스팔트를 따라 앞만 보고 가는 동안 바람이 불 때마다 개흙 먼지가 석진의 눈을 따갑게 찔렀다. 가로등 불빛 주위로 하루살이 떼가 모여 들었다. 야산 밑에 드문드문 엎드린 두 채의 슬레이트 집 중에 석진네만 불이 켜져 있을 뿐 영호네 빈 축사는 어둠 속에서 찢어진 비닐의 잔해와 부서진 구조물로 사위스러웠다.

갑자기 귀를 찢듯 경적 소리와 함께 자동차 불빛이 등줄기에 쏟아졌다. 석진은, 불빛에 눈부셔 잔뜩 찡그리며 돌아보았다. 트럭 차창 밖으로 얼굴을 내민 것은, 눈썹이 짙고 눈이 부리부리한 영호 아버지였다.

"석진이 아니니? 어시 타."

트럭에 훌쩍 올라 타자, 조수석에 앉아 있던 영호 어머니가 자리를 넓혀 주었다. 작은 키에 귀염성스런 조붓한 얼굴의 영호 어머니는, 앳되 보이지만 자세히 보면 햇빛에 그을려 기미가 지도처럼 얼룩져 있었다.

"그동안 안녕하셨어요?"

"도서관서 오냐? 몇 달 새 몰라보게 자라서 그냥 지나칠 뻔했다. 고등핵교 이 학년이라면 누가 믿겠니? 우리 영호는 덩치두 쬐그맣구 말러서 애 같은디……"

영호 어머니가, 석진의 훤칠한 키와 다부진 몸을 보곤 추어댔다. 석진은, 집에선 눈치꾸러긴데 어쩌자고 몸피만 자꾸 불어나는지 부끄러웠다.

세 사람이 탄 트럭은, 시멘트로 막아 썩은 물이 고인 방조제 앞을 스쳐 지나갔다. 석진의 눈길은 모래사막처럼 변한 잡초 밭에 머물렀다. 그곳은, 원래 바위산이 있던 자리였다. 바다를 막기 전에 물이 차 있을 땐 배를 타고 굴 모양의 바위 곁을 지나 원산도까지 건넜다. 아직도 은빛으로 출렁거리던 그 바다가 석진의 눈에 선명하게 찍혀 있었다.

"아버지께선 통증이 심허셔서 잠두 못 주무신다던디 좀 워떠시냐?"

영호 어머니의 목소리를 듣고서야 정신이 났다.

갯개미취, 지채, 비쑥 등 갯벌 식물 주위에 부유하던 좀나방, 하루살이 떼가 트럭 앞 유리에 자꾸 부딪혀 떨어졌다.

"네에. 재활운동 하시면서 훨씬 나아지셨어요…… 참, 구제역 때문에 피해가 많으셨죠?"

"그래, 돼지들을 모두 구덩이에 생으루 묻었어. 얼떨결에 당헌 일이라 도둑맞은 것 같단다……."

영호 아버지의 얼굴에 그늘이 깔렸다.

2010년 겨울에 발생한 구제역은, 삼 개월 만에 전국에 있는 소, 돼지, 염소 등 가축 사백만 마리 정도를 살처분했다. 피해액이 이조 원도 훨씬 넘을 뿐 아니라, 축산 도소매업 유통업과 사료업, 운송업 등 많은 일자리를 잃게 한 국가적으로 큰 재난이었다. 영호네도 그 피해 농가 중에 하나였다. 열 마리로 시작해 오십여 마리로 불렸던 돼지를 생매장했다. 개체 수가 줄어 축산업은 거의 망한 상태였다.

트럭은, 어느새 아스팔트 길이 끝나는 지점, 바위 부스러기와 벌건 흙덩이가 파헤쳐진 야산 밑에 엎드린 낡은 집 앞에 세워졌다. 평지보다 높은 곳에 위치한 그 빨간 슬레이트 집에 석진의 아버지 강씨와 석진의 할머니 김노파가 살고 있다.

"영호 오면 놀러 와. 맛난 거 해 줄게."

영호 어머니가 트럭에서 내리는 석진의 등을 토닥거렸다.

"네에, 태워다 주셔서 고맙습니다. 안녕히 가세요."

그들에게 인사를 하고 파란 대문을 향하여 올라갔다. 집안에서 흘러나온 불빛 때문에 열린 대문 사이로 마루 넘어 방안에 있는 강씨의 모습이 환히 보였다.

석진이 안방으로 들어가자, 모기향 연기로 코가 매캐했다. 강씨는 소주병과 열무김치가 놓인 네모진 베니어판 상 앞에 앉아 있었다. 술기운으로 눈가가 붉어져 있었다. 강씨는 석진의 눈치가 보였던지 술상을 밀어 놓고, 자세를 고쳐 보려고 쭉 뻗친 다리를 버르적거렸다. 석진이 다가가 강씨를 조심스럽게 벽에 편히 기대어 앉게 했다. 낡고 빛바랜 밤색 셔츠 아래 검정 바지 속의 다리는 마른 막대기처럼 삐쩍 말라 있었다.

삼 년 전 겨울이었다. 빙도를 막은 후 강씨는 막벌이를 위해 이곳저곳 일자리를 구하러 다녔다. 영호네가 동파로 수도가 파열되어 미장이를 불렀다. 미장이는, 연장통 달랑 들고 와 이틀 동안 일한 뒤 백여 만 원을 벌어갔다. 강씨는, 미장이 일을 배우겠다고 공사장에 따라나섰다. 헌 집을 개조하는 주택 공사장에 나간 지 사흘 째 되던 날, 지붕에서 발을 헛디뎌 떨어져 다쳤다.

육 개월 동안 병원에 있었지만, 척추 아래로는 핫팩을 해도 발톱이 까져 피가 흘러도 모를 만큼 감각이 없고 자율 신경이 마비되어 두 손도 점점 굳어 갈지 모른다고 했다.

강씨는 가끔 불구가 된 슬픔과 괴로움을 술로 달랬다. 석진은, 술을 마시는 강씨를 볼 때마다 가슴이 저릿저릿했다. 하지만, 그렇게나마 강씨의 저 가슴 밑바닥의 슬픔이나 고통을 잊을 수 있다면 굳이 나무라고 싶지도 않았다.

요즘은, 오래 한 자세로 누워 있거나 휠체어에 눌린 부위의 욕창을 막기 위해 물리치료를 하러 다니곤 했다.

"아빠 이제 복지관엔 안 갈려구 헌다. 재활치료헐 운동기구들이 워째 시원치 않어. 어깨 회전 운동기를 한번 사용할래두 종일 기다려야 허는디 않느니 죽지."

강씨가 혼잣말처럼 묻지도 않은 말을 주절거렸다.

"그럼 운동기구를 더 늘려 달라구 복지관 측에 건의하셔야죠. 음악당과 수영장, 비싼 나무 한 그루 덜 심고 가난한 장애인들을 위해 운동기구 몇 대 더 늘려 주면 좋을 텐데 누구를 위한 복지관인지 속빈 강정 같아 안타깝네요…… 할머니는 주방에 계시죠?"

석진은 중얼거리면서 주방으로 다가갔다.

주방문은, 꼭 닫혀 덜컹거릴 뿐 좀처럼 열리지 않았다. 두어 번 세게 흔들고 밀자 주방 안에 있던 김노파가 열어 주었다. 두 평 남짓한 곳에 녹슨 싱크대, 손때 묻은 그릇장, 낡은 냉장고가 눈에 들어왔다. 김노파가 채소를 다듬고 있었던지 바닥에 깐 신문지 위에 채소 더미와 쪽파 다발이 풀어 헤쳐져 있었다. 시척지근한 김치와 파 냄새가 후텁지근한 공기에 섞여 악취를 풍겼다.

"냄새 빠지도록 환기 좀 시키시지 이 더위에 그럭 허구 계세요? 할머니는 냄새도 못 맡으세요?"

석진은 주방문을 활짝 열면서 나무랐다.

"여태 열어 놨다가 방금 닫었는디 무슨 냄새가 난다구 지랄여. 밖에서 펄럭거리구 댕기다가 집이만 들어오먼 트집질이냐?"

김노파가 석진에게 퉁명스레 내질렀다. 희끗희끗한 머리카락에 둥글넙적한 얼굴, 뱃살, 퉁퉁한 몸피가 더 불어나 있었다. 한때 갯벌에서 굴을 쪼고 바지락을 잡고 낙지잡이를 하던 김노파는, 요즘은, 텃밭에 채소를 직접 재배해 내다 팔았다. 교인이 운영하는 칼국수집, 순대국밥집 등에 납품하는 방식이었다. 그 푼돈으로 생활비를 하고 교회에 헌금을 바쳤다.

"집에는 일찍일찍 들어오잖구 맨날 워디를 껍적대구 댕기네? 오늘은 주일인디 새벽에 나가 낮엔 교회두 안 나오구…… 그 대갈빼기는 볼썽사납게 학생이 무슨 노랑 물이냐? 다른 애덜 노랑머리 보면 확 불 싸지르지 않는다구 즈이 애비애미를 월마나 흉봤는디 이제 니가 그러구 댕기네? 썩을늠!"

김노파는 석진을 훑어보곤 대뜸, 쌍소리로 퍼부었다.

석진은, 어렸을 때부터 김노파를 따라 고분고분 교회에 다녔다. 꼭 믿음이 있어서가 아니라 일요일마다 교회 차로 왔다갔다 하는 재미로 영호를 비롯한 그만한 또래들과 함께 몰려다니게 된 거였다. 김노파는 원래 잔정이 없고 무뚝뚝하고 깐깐한 데다 교회 다니지 않는 나머지 가족은 원수요 마귀 취급을 했다. 그에 비하면 석진에겐 무척 달근달근하고 무엇이든 용서가 되었다. 그러던 걸 며느리인 전주댁이 가출하고 나서부터 푸념과 짜증이 더 심해졌다. 생활고 때문인지 무슨 일이든지 꼬투리 잡고 까탈스럽게 석진을 잡도리했다. 어쩌면 집안의 가장 역할을 하면서 힘들고 꼬이는 심사를, 손자인 자신에게 풀지 않으면 미칠 것 같은지도 모른다고 이해했다. 하지만, 석진은 그날따라 더욱 추레하고 쌍스럽고 그악스러운 김노파가 싫고 미웠다.

"할머니! 제발 머리 스타일 같은 건 제 마음대로 하고 다니게 내버려 두세욧. 제가 크게 나쁜 짓 허구 다니는 것두 아니구 실험 삼아 이번 방학 때만 한번 해 본 거에요."

석진이 짜증을 섞어 불퉁거렸다.

"학생이 공부두 않구, 삔둥거리기나허구, 쯧쯧…… 대학 갈라면 그런 꼬라지루 싸돌아댕길 새가 워딨어?"

김노파는 마땅치 않은 얼굴로 눈을 하얗게 치켜떴다. 팔순의 나이에도 목소리가 카랑카랑하고 눈빛이 날카로웠다.

"공부를 왜 안 해요? 제가 날마다 도서관으로 소풍 가는 줄 아세요? 그리고, 등록금이 누구네 껌 값인 줄 아시고 벌써부터 대학 타령하세요?"

불량아처럼 이맛살을 구겨가며 대꾸질했다. 배가 고파 왔다. 새벽 참에 도서관에 들러 아침겸 점심으로 김밥 두 줄로 한 끼를 때우고 곧장 집으로 온 터였다. 노력하는데도 성적은 항상 전교에서 하위권에 들었다. 사립대학에 갈 경우 강씨 장애연금, 이십오만 원에 김노파 노인 연금까지 다 합쳐서 수입이 오십만 원도 채 안되는 가난한 형편에 일 년에 천여 만 원 하는 등록금을 무슨 수로 댄단 말인가. 학자금 대출로 간다 해도 대학 졸업하면 칠십 퍼센트가 빚쟁이가 될 것은 뻔한 데 진학을 해야 할지 말지 늘 고민스러웠다. 석진은, 음식점에 취직해 요리사가 될 결심이었다.

냄비에 수돗물을 받아 가스렌지 위에 올려 놓는 동안 모기가 왱왱거리며 반팔 소매 입은 팔뚝을 마구 물어뜯었다. 김노파는 짐승처럼 웅크리고 앉아 여전히 채소를 다듬고 있었다.

"난 한 숟깔 떠넣었는디, 느이 아밴 종일 아무것두 입에 안 넣었단다. 저러다가 죽지. 사람 목숨이 별거간? 뭐구 안 먹구 운동안 하믄 죽는겨."

김노파가 매정스러운 눈초리로 궁시렁거렸다. 끓는 라면을 젓가락으로 휘휘 젓는 동안 석진의 등에 대고 또 구시렁거렸다.

"저러구 방구석에만 있능 거 보믄 속상혀 못살긋서. 바다서건 밭에서건, 무신 일이든 부지런히 몸 아끼지 않는 느이 애비였다…… 멀쩡허다가 하루아침에 도울 손이 읎으믄 외출도 못

허는 산송장이 될 줄 누가 알았겠니?…… 교회 가자는 내 말은 통 듣지두 않구, 그게 다 예수 안 믿는 느이 에미 잘못만나 그리 됭겨. 내가 예수 안 믿는다구 결혼 못 허게 그리 말렸건만…… 워디 가서 무슨 짓을 허든 소식은 줘야 헐꺼 아녀. 내 여태 한 지 붕 밑에 살었어두 그렇게 독헌 여편네인 줄은 참말 몰렀다. 너두 그깟 못된 에미는 눈꼽쟁이만큼두 생각헐 것 읎따."

김노파가 뇌작뇌작 전주댁을 꼬잡아 뜯는 소리를 했다. 오늘 따라 더욱 쌀쌀맞은 김노파의 잔소리가 귀에 거슬리고 석진의 가슴을 할퀴어 댔다. 아니, 집안의 모든 불행이 교회를 다니지 않아서라고 되풀이하는 데는 기가 질렸다. 노파의 정신 속에 눌 어 붙은 끈질긴 믿음과 흔들림 없는 그 의지에 넌덜머리가 났다. 더구나 석진은, 엄마 전주댁 험구라면 더 듣고 싶지도 않았다.

꼭 다섯 달 전이었다. 강씨가 다친 후 전주댁이 인근 식당이나 치킨집, 갈비집으로 옮겨 가면서 일을 해 집안의 생계를 꾸려 가 던 무렵이었다.

그날 전주댁은 치킨 집에서 주인이 자리를 비워 제 시간에 퇴근 을 못했다. 손님이 술을 시켜 놓고 앉아 있는데 쉽게 문을 닫고 올 수가 없었다. 새벽에 들어오다가 밤새 기다리고 섰던 김노파 는, 나가라면서 전주댁의 머리끄덩이를 휘어잡고 내돌렸다.

'내가 널 가졌을 때 입덧이 심해 누워 있으면 교회에 나가지 않는다구 전라도 년이 시집와서 저런다구 구박한 느이 할머니여…… 생긴 것이 반지르르 하고 색기가 흐른다고, 빙도 구석이서 살 사람 같지 않다구 집안 물건 잔뜩 훔쳐 나갈 년이라구 잘 지키라구 의심한 사람두 느이 할머니구. 첨엔 그 말이 억울하구 분해서 이를 악물구 살았다. 차마 널 어미 없는 자식으로 만들기 싫어서 말여. 그런디 아빠 다치구 나서 할머닌 나를 더욱 들볶는단다…… 몸뻬 차림에 잠바때기를 벗구 치마로 갈아입어도 화장만 혀도, 휴대폰만 울려도 화냥년 취급했어…… 엄마가 아무리 교회는 안 다녔어두 예수님이 다른 사람 죄루 십자가에 달려 죽은 것쯤은 알어. 느이 할머니는 평생 남은 못 믿으면서 어쩨 눈에 안 뵈는 예수님은 믿는다니? 내가 성질이 물러 참구 만만해 뵈니께 얕보구 그러능겨…… 나두 인저 더는 뭇 참어. 나 읋이 한번 살어 보라구 허여.'

전주댁은 그렇게 울먹거리면서 석진에게 말했다.

바로 그 일이 있던 다음날 새벽에, 석진에게만 돈 벌어 오겠다는 말을 남기고 행방을 감추어 버렸다. 전주댁이 나가자 버는 사람이 없어 생활이 더욱 어려워졌다.

"화냥년이 따루 읋어. 사내가 그리 좋은가? 안 믿는 것들은 다 그 따위여…… 그게 다 믿지 않는 집에서 시집오구 예수 안 믿어 그렇겨……."

김노파가 다시 혼자 불불거렸다. 요즘 석진은, 극성맞은 김노파가 미웁다 못해 지긋지긋한 그 잔소리 때문에 전주댁이 집을 나갔다고 여겨졌다. 전주댁은, 부지런하고 인정스런 여자였지만, 교회에 안 다닌다는 단 한 가지 이유로 김노파에게 시달리며 평생 눈물과 한 속에서 살아왔다. 석진은, 그런 전주댁이 바보 같았다. 왜 그깟 할망구 하나 휘어 잡지 못하고서 시달리고 물리고 뜯기고 치이는지 알 수가 없었다. 김노파는, 자기 집단이 잘못하는 것도 모르고 나만의 왕국을 만들어 다른 사람에게 돌을 던지는 악덕 교주를 그대로 본 받아 전주댁에게 돌을 던졌다. 내가 잘못하는 것도 깨닫지 못하면서 어떻게 상대방의 잘못을 말할 수 있단 말인가! 석진은, 종교를 믿지 않는다고, 태어난 지역이 다르다고 자기와 생각이 다르다고 헐뜯고 미워하는 김노파의 전주댁에 대한 비난은 더 이상 참을 수 없었다.

"할머니, 듣기 싫으니께 이제 제발 그만허세유! 엄마가 밤 늦도록 돈 벌지 않으면 식구들이 다 굶어 죽을 판이었잖어유. 할머니가 이해허셨어야쥬."

석진은, 분노와 서글픔에 거의 발악에 가깝게 고래고래 소리질렀다. 전주댁이 나간 후 이렇다저렇다 한 번도 드러내 놓고 내색하지 않던 석진이였다.

"꼴에 즈의 에미라구 편드냐? 썩을 늠."

김노파는 손자 앞에서 차마 불같은 성질을 드러내지 못해 부글부글 끓는 눈치였다. 석진은, 김노파의 눈길을 피해 상을 들고 안방으로 후딱 건너가 버렸다.

"아빠, 저녁도 안 드셨다면서요? 저랑 이 라면이라도 같이 드세요."

붙임성 있게 사기그릇에 라면을 반이나 덜어 상 위에 올려 주었다. 셔츠의 깃이 한쪽으로 치켜 올라가 있고, 듬성듬성 난 몇올의 머리카락이 이마를 덮고 있었다. 석진은, 방안에 갇혀 삶의 경쟁 속에서 밀려난 소외감과 절망 속에서 살아가는 강씨를 물끄러미 바라보았다. 한숨과 가난과 예민함으로 얼룩진 얼굴이었다. 그동안 강씨의 외로움을 덜어 주지 못한 자신의 무관심과 게으름을 나무랐다.

"너 영호네 소식 들었니? 형편이 말이 아닌개 비더라. 구제역 때문에 돼지를 산 채루 파묻었다던디."

강씨가 라면을 입으로 가져가며 말했다.

"아까 도서관에서 집으로 돌아오는 길에 트럭을 태워 주셨어요. 많이 힘드신가 봐요."

"그 집두 참. 이제 겨우 안정되나 싶었는디 안타깝다. 그 돼지들을 그냥 두었어두 일부러 죽인 것보다 훨씬 덜 죽었겠다. 정부 허는 짓이 늘 성급혀. 그 집두 배운 것이 그것뿐이라 이러지도 저러지도 못하는 실직자가 된 게지."

강씨가 느릿느릿 말했다. 안 그래도 컬컬한 목소리가 술기가 묻어 수리묵진 소리였다.

"가축을 기르는 사람은 가축을 자식처럼 여긴다던데 그 마음이 얼마나 안타까웠을지 이해가 가요."

어른스럽게 말하는 석진을 강씨는 대견한 듯 쳐다보았다.

라면을 한 대접 비운 강씨는 허약해 쉬이 오른 취기와 포만감에 벽에 비스듬히 기대어 졸고 있었다. 석진은 강씨 옆에 요를 폈다. 누더기처럼 너절하고 때 절은 요는 강씨의 삶만큼이나 어둡고 우중충했다. 요 위에 강씨를 끌듯이 부축해 뉘였다.

석진이 상을 들고 주방에 들어갔을 때 김노파는 야채 다듬은 쓰레기를 치우고 있었다. 소쿠리에 담긴 채소를 씻으려고 주방 앞쪽 지하수가 있는 마당으로 옮기느라 낑낑거렸다.

"할머니, 이런 건 저를 시키셔야죠. 무겁게 왜 혼자 하시려고 하세요."

석진이 나머지 채소가 담긴 고무 함지박을 마당으로 날라다 주었다.

"여길 떠난 사람들은, 벌이가 일정치 않어 이루저루 옮겨 가면서 날품팔이꾼에 사람대접 못 받는 힘든 생활헌다드라…… 보상비로는 방 한 칸두 제대루 못 얻는댜…… 배추 한 포기가 만오천 원이더라. 도시서 그걸 워척게 사먹구들 사는지. 물가가 너무 올랐어. 테레비에서는, 칠 프로니 팔 프로가 올랐다구 허는디 무슨…… 우리나라 땅덩이가 생기구 이렇게 비싼 일은 처음 같으다……."

김노파가 누그러진 얼굴로 혼자 말처럼 중얼거렸다.

"논술 공부시간에 사설 분석하다가 안 사실인데요, 배추 값이 비싼 이유는, 4대강 개발로 채소밭이 사라졌기 때문이래요. 4대강의 하천 부지는 여름철 홍수기를 제외하곤 사계절 내내 채소를 특수작물로 재배하는데 그곳을 모두 없앴잖아요. 그로 인해 배추 값이 비싸고 연달아 모든 물가가 치솟구요…… 정부는 또 배추 값 내린다구 중국에서 무더기루 배추 수입허구. 그런 대통령이 바보 같아요."

석진이 떠들거렸다. 김노파의 얼굴이 찌무룩하게 일그러졌다.

"그동안 비가 많이 와서 그렁겨. 쟤는 어린 것이 워디서 꼭 나랏님 흉뜯는 얘기는 잘두 주워듣구 오더라?…… 다 하나님 뜻여…… 뭬구 흥전만전 낭비허느께 느희들 고생혀 봐라 허시능 게지. 늘 하나님께 감사하메 살아야 혀. 우린 그래두 가꾸어서 풍족히 먹잖니. 석진이두 할미 말대루 교회나 열심히 나가, 알었니?"

김노파는, 썩은 앞니를 드러내며 헤벌쭉이 웃었다.

하늘은 별 하나 없이 캄캄한 밤이었다.

석진은, 책상 앞에 앉아 책에 눈을 박고 있다가 무심코 고개를 들었다. 김노파가 마당에서 채소를 씻고 있는 모습이 창문으로 내다보였다. 김노파는, 평생 노예처럼 일해 코끼리 거죽 같은 손등과 꼬질꼬질한 모습이었다. 새삼, 늙은 할머니를 종일 고생시

켜 가면서 용돈을 받아 쓰고 생활비를 대게 하는 것이 돈을 갈취하는 것처럼 떳떳치 못했다. 아무리 학생이지만, 그렇게는 싫었다. 가난한 국민들의 혈세를 제멋대로 남용하고, 좋은 차를 몰고 자식들을 유학 보내는 지도자들과 자신이 무엇이 다를까? 그런 지도층이야말로 김노파 같이 가난한 서민의 등골에 붙어 피를 빨아 먹는 기생충과 다름없다는 생각을 버릴 수가 없었다.

책상에 앉아 있는 동안 공부에 몰두하려고 해도 아까부터 고약한 냄새 때문에 견딜 수가 없다. 김노파가 사용하는 지하수에서인지, 마당에서인지 바람이 불 때마다 시체 썩는 역한 냄새가 코를 찔렀다. 정신이 퍼뜩 났다. 그 냄새는, 지난겨울 가축을 매장한 곳에서 나는 게 분명했다. 석진은, 마당으로 뛰어 나가 코를 큼큼거렸다.

영호네 돼지가 묻힌 매몰지와 석진네 채소밭까지는, 불과 오미터도 안 되었다. 실은, 그날, 석진도 그것을 보았다. 포크레인으로 돼지를, 산채로 밀어넣어 묻는 바람에 비명을 질러 대는 그날의 일은 아비규환이 따로 없었다. 그때 석진은, 흡사 그곳에 묻히고 있는 돼지가 자신인 것처럼 무섭고 떨렸다. 그 일을 다루는 공무원들 중에도 어떤 사람은 마음이 약해서 밍기적거리고 구덩이에 던져지는 돼지들의 그악한 비명소리와 피로에 쓰러진 이도 있었다.

가축 매몰지에서 나오는 썩은 물은, 가축 분뇨보다 다섯 배

정도나 강한 성분이었다. 전국적으로 올림픽 규모 수영장 서른 두 개를 채울 분량이라는 말을 석진도 들었다. 언제든지 정부의 공식적인 발표는, 아무 문제가 없는 것처럼 거짓말 섞인 지나친 예측뿐이지만, 그 속엔 대장균이나 살모네라 균이 있어 위염이나 이질을 유발했다. 김노파는, 수돗물 공급이 원활하지 않아 채소밭을 몽땅 지하수로 물을 주었다. 오늘 다듬어 씻은 채소들도, 그 오염된 지하수로 씻어 냄새가 났던 것이다. 정부에서는, 그 썩은 물을 빼내 염소 처리를 하고 분뇨 처리장으로 보내겠다고 했지만 그 양이 엄청나 믿을 수 없는 일이었다. 공무원들이 악취 제거를 위해 방제복을 입고 매일 생석회를 뿌리고 땅을 파고 암모니아를 퍼붓고 흙으로 다졌다. 빙도는 생태계마저 파괴되어 민둥산이 되었다. 마구잡이로 급하게 매몰한 게 이런 환경 재앙을 낳은 거였다.

석진은, 막연하게나마 이젠 빙도를 떠나지 않으면 안 될지도 모른다는 생각이 들었다. 빙도처럼 바다와 산천이 모두 파헤쳐지고 망가지고 서민들은, 병균으로 오염된 식수를 먹어야 되는 환경 재앙까지 피할 수 없게 된 것이다.

"할머니, 물에서 이상한 냄새가 안 나요?"

"요즘 늘 그랬어. 독헌 썩은 내가 나."

"분명히 지하수가 오염됐을 거에요. 당장 이 일을 어떡하지? 할머니, 당분간 지하수 쓰지 마세요. 내일 당장 수질검사를 의뢰

하든지 해야겠는데…….”

석진이 심란한 얼굴로 말했다.

“재앙이 따로 읎어. 이게 무신 난리라니? 구제역두 하도 남의 나라 소 가지구 떠들어 대싸니께 하나님이 벌 내리신 거여.”

김노파가 채소를 씻던 손을 멈추고 씨월거렸다.

석진은 애써 마음을 누그러뜨리며 노인을 타이르듯 말했다.

“할머니, 이 모든 불행은, 지도자들을 잘못 뽑은 탓이에요. 물가가 하늘을 치솟고 자살자는 늘어나는데 경제가 좋아졌다고 왜곡하고, 모든 정책들은 부자만 배불리면서 서민을 행복하게 하는 정책인 것처럼 속이구, 구제역두 이런 식으로 늦게 조치해 축산업도 망하게 하고, 동물들을 함부로 죽여 아무데나 파묻어 제2의 환경 재앙을 낳을 거구요.”

“누가 그러는디 나랏님이랑 미국 쇠괴기 수입업자랑 의형제라서 미국 나라 쇠괴기 마니 팔라구 구제역을 늑장 대응했다구 떠들드라? 미친것들. 듣다듣다 별 이상헌 소리나 지껄이구 지랄여. 장로님 대통령에게 그딴 험구질허는 것들은 죄받기 전에 회개해야 혀. 구제역은 전염병이구 천재지변이여. 나랏님이라두 천재지변을 워척케 막었어. 이 나라는 독재가 마땅혀. 그런 헛소문 퍼뜨리는 것들은 죄다 잡아 가둬야 혀. 민주주의가 뭐 대단한간? 독재두 다 나라 잘 살구 국민들 펜해 보자구 법두 맹글구 허는 거 아니것네?”

김노파가 쉬임없이 짓떠들었다. 김노파는 깜깜무식쟁이면서 위정자들의 모든 정책들을 옹호하고 편들었다.

"할머니 말씀대로라면, 장로님 대통령이니께 기도해서 모든 걸해결해야죠. 물가도 못 잡고, 나라가 거덜나도 하나님 탓으로돌리고 거짓말쟁이에 도둑질에 지도자 자질이 없어도 같은 당이라구 같은 종교를 가졌다구 변함없이 지지하는 어리석은 사람들때문에 이 나라는 엉망이 되는 거에욧."

가슴에 매연이 서린 것처럼 답답해서 석진은 따지듯 바락바락대꾸질했다.

김노파는 또 무어라고 쌍욕을 섞어 울뚝불뚝 떠들거렸다.

석진은 자꾸 노인과 싸우면 속만 터졌다. 아니, 자신이 좀스러운 애늙은이처럼 변하는 느낌이 들었다. 오늘내일 있는 일도 아니고, 콩이니 팥이니 늙은 할머니와 싸워 무엇하랴 싶은 거였다.

석진은, 팩 돌아서서 문을 쾅 닫고 자신의 방으로 들어와 버렸다. 머리가 터질듯이 아프고 피곤했다. 새삼, 소녀 같이 단순하고 온화해 누구의 심기를 건드리는 법 없이 묵묵히 일하던 전주댁이 몹시 그리워졌다. 석진은, 전주댁이 아들인 자신이 보고 싶어서라도 꼭 돌아오리라 믿겨졌다. 금방이라도 전주댁이 대문 안으로 성큼 들어올 것만 같아 대문 쪽을 넋 놓고 내다보았다. 밖엔 먹물 같은 어둠뿐이었다. 강씨가 잠든 방은 일찍 전등불이 꺼져 있었다.

"석진아– 석진아– 자니?"

김노파가 다시 석진을 소리쳐 불러댔다.

"왜요오. 아이 귀찮아 죽겠어."

석진은, 피곤하고 짜증 묻은 얼굴로 공부방에 딸린 창밖으로 고개를 내밀었다. 김노파는, 마당에서 아까 다듬고 씻은 채소들을 꼼꼼하게 비닐 봉투에 몫몫이 담고 있었다.

"나 좀 오토바이루 태워다 줘야긋다. 오천국밥집에서 시래기 삶은 것이랑 푸성귀를 갖다 달라."

"밤이 늦었어요. 내일 아침 일찍 제가 갖다 주고 올 게요."

"기다린다구 밤 늦게라두 갖다 달라구 혔어. 속이 울렁거리능 게 소화불량인가 벼. 소화제두 사먹구 좀 움직거려 보구 싶으니께 어려워두 나랑 같이 가자. 응?"

김노파가 기운 없이 말했다. 답답할 때 그런 식으로 바람을 쐬곤 했었던 것이다.

"알았어요, 할머니. 저는, 잠깐 쉬고 있을 게 천천히 다 준비되면 부르세요."

"아직두 한참 걸려야 혀. 준비할 동안 좀 쉬었다 나오렴?"

석진은, 창문을 닫곤 책상에 엎드렸다. 이런저런 걱정이 되고 뭔가 자꾸 불안했다. 꼭 설사할 것처럼 배가 살살 아픈 것 같기도 하고 머리가 띵하고 어질어질했다. 몸이 녹아내릴 듯 피곤했다. 방바닥에 벌렁 눕자, 잠이 쏟아져 저절로 스르르 눈이 감겼다. 깜빡 잠이 든 새 꿈을 꾸었다. 꿈속의 장면들은 현실처럼 생생했다.

오토바이 키를 찾아들고 헛간으로 나갔다. 오토바이에 시동을 거는 사이 김노파가 양손에 짐을 들고 구부정하게 서 있었다. 채소 봉지를 받아 앞의 짐받이에 얹었다. 뒷좌석에 김노파를 태운 것도 같고 안 태운 것도 같았다. 조심스레 오토바이 액셀을 밟는 것까지 생생했다.

집 앞에서 골목을 꺾어 아스팔트 길 반대편인 오천항 쪽으로 질주했다. 오르막으로 오르자, 금세 대천으로 넘어가는 갈림길이 나타났다. 그곳 둔덕이 영호네 축사가 있던 자리 같기도 하고, 다른 낯선 장소 같기도 했다. 한여름인데도, 밤인지 낮인지 풀 한 포기 없고 산은 온통 거무스름한 빛깔의 민둥산이었다. 부패하는 동안 가스를 빼내기 위한 파이프가 묘비처럼 꽂혀 있을 뿐 인적 하나 없었다.

여기저기 소와 염소, 닭, 돼지 뼈가 산처럼 쌓여 있어 해골이 나뒹구는 골짜기처럼 무시무시하고 음산했다. 오토바이가 움직일 때마다 썩은 동물의 시체로 미끈덩거렸다. 갑자기 매몰지에 달려든 까마귀 떼와 벌레 떼로 까맣게 득실거렸다. 사체가 썩느라 피어오르는 열로 살 썩는 냄새가 진동했다. 그 냄새는 너무도 역해 눈과 코를 찔러 곧 질식할 것처럼 고통스러웠다.

어느 책에서 읽은 대목 중에 신학자가, 지옥에 떨어져 벌을 받는 영혼들이 가장 견디기 힘든 것은 악취라고 했다. 그야말로 그곳은, 지옥의 골짜기였고 지옥의 도랑이었다. 꿈속에서조차도 지도자 잘못 만나 바다든지 강이든지 산이든지 국토 어느 한 곳이 멀쩡한 데가 없구나 생각되었다. 무엇에 쫓기듯 무서워 빨리 능선을 넘으려 해도 사체에 미끄러워 오토바이는 헛바퀴만 돌고 제자리였다. 썩어 움푹 패인, 돼지의 사체가 묻혀 있는 곳에 오토바이를 탄 채 나동그라졌다. 어디에 짓찧었는지 가슴이 쪼개질듯 아프고 숨이 막혔다. 찐덕거리는 것이 자신의 몸에서 흐르는 핀지 시체의 썩은 물인지 짐승의 썩은 물인지 구별이 안 되었다.

끈적끈적한 오물을 뒤집어 쓴 채 용케 살아남은 나무 한 그루를 간신히 붙들었다. 하지만, 사체 위에 살짝 뿌리만 걸쳐 있던 나무는, 썩어서 쉽게 부스러졌다. 석진은, 부글거리는 짐승의 썩은 물에 다시 나가 떨어져 뒹굴었다. 새카만 벌레들이 몸에 달라붙어 버글거렸다. 석진의 콧구멍과 눈과 입은 흡사 모든 곤충들이 사는 구멍 같았다. 온 몸뚱이에 흑임자 고물이 묻듯 곤충 떼가 달라붙어 온통 새까맣다. 짐승의 사체에서 나는 냄새와 더러움, 그 벌레들에 대한 징그러움에 진저리쳤다. 눈코를 뜨지 못하고 찐덕찐덕한 오물 속에서 기어 나오려고 더듬더듬할 때였다. 썩어 들어가 대가리만 남은 소가 벌떡 일어나 피를 철철 흘리며 석진을 치받으려 달려들었다.

"아악— 으아악— 하나님, 살려 주세요."

석진이 숨 막혀 비명을 질렀다.

"석진아 – 석진아 –."

먼 곳에서부터 누군가 자신의 이름을 부르는 소리가 아득하게 들려왔다. 그 느낌은 현실처럼 돌연하고도 또렷했지만 눈을 뜨려고 해도 떠지지 않았다. 팔을 휘저으며 헛소리하는 석진의 몸을 누군가가 흔들어 깨우고 있었다.

"석진아, 석진아 –, 왜 워디가 아푸니? 어서 일어나 배달 가야지."

머리맡에 앉아 석진의 머리를 마구 흔드는 얼굴이 김노파인지 죽은 소의 대가리인지 알 수 없었다.

형

개펄은 둑을 끼고 오른편에 펼쳐 있고 왼쪽은 황량한 벌판이었다. 개펄과 들판을 낀 둑이라지만 폭이 좁아서 경운기 하나 겨우 지나갈 만한 폭이었다. 바다 쪽의 둑 가장자리엔 마을 입구까지 철조망이 쳐져 있었다. 그곳에서 백여 미터의 둑을 지나면 마을인데, 더러 한두 군데만 불이 켜져 희미하게 어두운 새벽을 밝힐 뿐 마을은 거의 불이 꺼져 있었다.

장묵은, 실장어가 든 비닐자루를 어깨에 을러멘 채 자신이 살고 있는 마을을 아슴프레한 눈으로 바라보았다.

차라리 바께스를 들고 나올 걸 머리카락 같은 실장어와 함께 물이 담긴 비닐자루를 줄곧 어깨에 을러멘 터이라 추스르기 몹시 불편했다. 또 장정이라면 넉근히 지고 갈 것도 한없이 무겁게 느껴지는 것이 몹시 피로하기 때문이었다. 한 발짝씩 걸음을 옮길 때마다 다리가 쇳덩이를 매단 듯 천 근 같았다.

다리를 질질 끌던 그는 철조망을 피해 둑 위에 털썩 주저앉았다. 지금 시각이 몇 시쯤 되었을까? 새벽 다섯 시는 되었을 것이다. 이 시간에 어머니는 또 무슨 일을 저지르고 있을지 궁금하다. 장묵은 아무리 생각해도 자신의 처지가 기가 막히다.

하나뿐인 아들이 물에 빠져 죽고 아내마저 바람나 도망갔으니 사는 것조차 무력해진다. 유독 자신만이 불운에서 헤어나지 못하는 것이 새록새록 서글펐다. 그동안 어머니와 그럭저럭 살림을 꾸려 갈 수 있다는 것이 그저 고맙기만 했는데, 언제부턴가 치매증까지 보였다.

장묵은 이 모든 불행이 형 때문이라고 여긴다. 형만 괜찮았어도 자기 팔자가 이렇게까지 폭폭하진 않을 것 같다.

불행한 형을 생각하자 땅 밑으로 폭삭 가라앉을 듯한 피로가 더했다.

아버지가 돌아가신 후 어머니는 다섯 형제를 모두 가르치려고 애썼다. 다행이 형은 머리가 좋아 수재 소리를 들으면서 자라 이름 있는 대학을 졸업했다. 외국에서 유학 생활도 했다. 처음엔 지방에 있는 대학에 근무했지만 저서를 몇 권 내고부터는 서울로 옮겼다. 그러나 일간지 신문에 현실 정치를 비판하는 글을 투고했다가, 긴급조치 위반이라 해서 구속되었다. 고문당하고 투옥되는 동안 직장에서 파면되었고 정신병까지 앓아 병원에서 처

방해 주는 약을 먹고 자고 눈 뜬 폐인처럼 살아간다.

주머니에서 구부러진 담배 한 개비를 뽑아 만지작거려 펴 물고 성냥을 그었다. 담배 연기를 한 모금 깊숙이 빨아들이던 그는 캑캑 기침을 하다가 천식이 도로 도지려나 싶어 더럭 겁이 난다.

형이 그렇게 된 후 집안은 풍비박산이 났다. 말단 공무원이라도 해서 고향을 지키고 싶어 했던 장묵의 꿈마저 산산조각이 났다. 어렵게 공무원 시험을 쳐서 발령을 기다렸지만 소식이 없었다. 알고 보니 형과 연관된 일 때문인 걸 알았다. 어려운 살림을 위해서는 돈을 벌어야 했음으로 이곳저곳 노동판에서 일하는 동안 그의 몸은 이미 녹슬 대로 녹이 슨 지 오래였다.

남들은 마흔아홉이면 한창때라고들 하지만 그는 관절염에 천식까지 겹쳐서 결국 고향으로 돌아왔다. 그새 아내는 집을 나가고 없었다. 이젠 그도, 몸도 마음도 고리삭아 세상 밖으로 이만큼 밀려난, 거의 폐인이나 다름없었다. 더구나, 아내가 나간 뒤로 끼니를 거르면서 술로 산 세월이었다. 그렇게 몸을 함부로 굴렸으니 쇳덩이인들 남아날 것인가. 팔순이 넘은 어머니와 형보다 자신이 먼저 죽을지, 오늘 죽을지 내일 죽을지도 모르는 것이다.

새벽 어스름에 희미하게 드러난 개펄은, 이제 서서히 차오르는 밀물로 언뜻언뜻 번들거렸다. 예전에 개펄에서 팔팔한 모습으로 갯것을 잡아들이던 어머니가 변했듯이, 이젠 갯바닥도 완전히 변해 버렸다. 갯물 위엔 언제나 플라스틱, 빈 병, 스티로폼 조각, 비닐봉지 따위들이 떠다니고 오물 썩는 냄새가 진동한다.

장묵이 중학교에 다닐 때까지만 해도 이곳에서 멱을 감았고 개펄에서 나는 바지락이니 능쟁이 황바리 꽃게니 낙지잡이는 마을 사람들의 유일한 일거리요, 먹거리였다. 그러나, 이젠 그가 살아온 세월의 반의 반도 못 가서 개펄은 쓰레기에 덮이고 그것들도 시나브로 사라져 버릴 것이다. 더구나 인근에 발전소가 생기고 도시가 커지면서, 생활폐수까지 내보내면 결국 개펄은 썩어 버리고 말 것이다.

마을이 가까워지자, 벌겋게 녹슨 철조망이 안개 속에서 조금씩 보이기 시작했다. 장묵은 자신도 모르게 실장어가 담긴 비닐 자루를 바짝 끌어당겨 안듯이 흐뭇한 눈길로 들여다본다. 어두침침한 속에서도 머리카락처럼 가는 실장어 새끼들이 한데 뒤엉켜 고물거리는 게 보이는 것 같다. 천 마리는 좋이 될 터이니 마리당 오백 원씩만 쳐도 어림잡아서 오십만 원이 아닌가. 장묵에겐 실로 오랜만에 만져 볼 수 있는 목돈이었다.

작년 봄에도 삼월 말부터 오월 중순까지 딱 달 반 동안 천여만 원 남짓 벌어, 입원한 어머니의 병원비에 요긴하게 썼었다. 올해에도 아픈 데만 더하지 않는다면 그물을 장만해서 본격적으로 해 볼 참이다.

실장어는 뱀장어의 치어로 아주 깊은 바다에서 수압에 의해 산란되고 부화한 후 삼월에서 오월 하순 사이에 민물 따라 올라와 민물이 바다로 흘러드는 내 어귀에서 자랐다. 이때를 기다렸던 사람들은 실장어를 잡아 장어 양식장에 넘기고 옹근 돈을 만지는 것이었다. 일 년 중 이 때가 한철이지만 누구나 웬만큼 부지런하면 쏠쏠하게 재미를 볼 수 있었다.

"거기 누구유? 혹시 장묵이 성님 아뉴?"

담배 한 대 거의 다 피웠을 즈음, 누군가가 저벅저벅 이쪽으로 걸어오는가 싶더니 알은 체를 했다. 회색빛 시멘트 담 하나를 사이에 두고 이웃해 있는 사촌 동생 일묵이었다. 동네에 살붙이들이 몇몇 살지만 가장 스스러움이 없는 아우였다. 육 년이나 손아래이면서도 친구처럼 너나들이하면서 지내는 사이였다. 형이나 친동생이 있지만 사촌이라고 해도 속을 트고 지내는 일묵이 제일 가까운 피붙이로 여겨졌다.

굳이 흠을 잡자면 자기 주장이 강하고 말을 함부로 하거나 실없이 야기죽거리는 일이었다. 그렇지만 장묵은 말없이 덮어 두었다. 어질고 활달스러운 성품을 가진 그도, 세상일이 제 마음대로 되어 가지 않는 것에, 자꾸 삐뚤어지고 말이 많은 사람으로 변했다. 더구나 혼란스러운 사회에서는 더욱 마음먹은 대로 살아지지 않는 세상이 아니던가. 살붙이는 어디 가도 알아보는 양 어둠 속에서도 알아보던 것이었다.

"응, 일묵인가부다? 그간 별 일 읎었냐?"

뚜렷한 직업이 없는 일묵은 이맘 때가 되면 으레 실장어 잡이에

나섰고, 여름에는 뱀장어 붕어 빠가사리 가물치를 잡고 겨울에
는 미꾸라지를 잡아 생계를 꾸려 나갔다. 여기만으로는 성이 차
지 않아 아랫녘의 서천이나 광천은 물론 전라도 지방까지 돌아
다니며 쑤석거리는 억척이어서 얼굴 얻어 보기가 쉽지 않은 터였
다. 어둑발 속에서도 냇바람과 햇빛에 쩐 얼굴과 허리까지 올라
온 국방색 장화 속에 감추인 깡마른 몸피가 드러난다.

"오늘은 월마나 잡었냐?"

"잡긴 뭘 잡었겄슈? 어떤 것들이 쭉 빨어 갔는지 숫제 맨탕이
데유."

"넌 그물 쳐서 배루 잡잖냐?"

"배루 잡어두 월마 잡히간유? 소용읎슈. 날마다 쇠나 개나
쑤셔 대싸니께 워디가 있어야쥬."

일묵은 엉거주춤 서 있다가 실장어가 든 바께쓰를 땅에 내려
놓는다. 장묵은 고개를 쭈욱 빼어 들고 습관처럼 바께쓰 안을
들여다보지만 어둠 속이라 얼마나 되는지 가늠할 수가 없다. 그
래도 물때에 맞춰 넓은 그물을 미리 쳐 놓았다가 잡으니 많이 잡
았을 것은 보나마나한 일이었다.

"나두 내년엘랑 그물루 잡어 봐야 허겄는디."

"그물루유?"

"그려어, 반두루 잡으니께 엥간히 더뎌야지."

"그물은 뭐 쉬운가유?"

"뭔 소리여? 그려두 배에 그물 쳐서 잡는 게 훨씬 낫지. 그나저나 그 그물 값은 얼마나 줬냐?"

"배 전세까지 돈 천이나 발렀는디유, 발렀어두 소용 읎대유. 원 그 느므 거 물때 보는 게 성가싫기두 허구 맨날 찐득찐득헌 뻘에서 그물 빼내느라구만 월마나 진땀을 빼는지…….."

"원체 힘은 들껴, 그물이 엥간히 무거워야지…….."

"말두 마유, 개흙 묻은 그물 한 번 빨라면 좃 빠져유."

"그려어, 더군다나 나 같은 병주거리는 더 어림두 읎을껴……. 그물에 딸려 들어가서 죽잖으면 다행일거여…….."

장묵은 가래가 걸린 목소리로 대꾸했다.

"성님, 몸을 함부루 굴리지 말어유, 그러다가 병이 도져서 자리에 누웠다간 큰일유…….."

두런두런 얘기하는 동안 둑 옆에 있는 갯물에서는 뿌루룩뿌루룩 소리가 났다.

"엇따, 장승처럼 게 섰지 말구 예 와서 좀 앉어라…… 담배두 한 대 피구…….."

장묵은 여기저기 뒤적거려 찾아낸 담배를 꺼내 일묵에게 건네준다. 개펄에 흘릴까 봐 허리춤에 끼웠던 탓에 담배갑은 볼품없이 쭈글거렸다.

"담배 필 새가 워딨대유? 빨리 가서 몸에 걸친 이것부터 벗구 싶은디…….."

일묵은 허리까지 올라오는 장화 달린 고무 옷을 내려다본다. 팽귄 같은 자신의 모습을 불편해 하며 마지못해 쭈그리고 앉는다.

"요샌 괜시리 바뻐서 짐 벗어 놓구 요기헐 날두 읎네요…… 허헛 이렇게 살어서 뭐헌댜…… 나두 일찌감치 도시 가서 공장이나 다녔으면 주말마다 관광 다니메 삼겹살이나 구워 먹는 편한 신세 됐을텐디……."

일묵이 말했다. 장묵은 어부에 지나지 않는 자신의 처지를 한 번도 비관한 적이 없다. 물고기가 사는 곳이라면 산속의 계곡과 강 바다 여기저기를 돌아다니는 자신의 생활은 오십 프로가 뜨내기 생활이었다. 한창 일할 나이에 평생 정신병으로 시달리는 형을 생각하면 자다가도 이가 갈렸다. 모든 불행의 원인이 정부 탓이었다. 아니, 형을 보호하지 못한 자신의 무능함을 비관하고 질책했다.

"참, 성님 개 한 마리 투드려 끄슬러 논 거 있는디 이따 낮에 같이 한잔 허시지유?"

"개? 그걸 원제 잡아 놨다냐?"

"동네에서 여럿이 했슈…… 까짓거 먹는 게 남는 거대유…… 먹고 죽은 귀신은 때깔두 좋다구 허잖유?"

일묵은 히죽 웃는다. 시장기가 있던 참이라 장묵의 입안에 갑자기 군침이 돈다.

"내가 무슨 돈으루다 그걸 먹냐."

"어이 성님두…… 여럿이 가보시끼해서 먹는디 그깟 몇 푼이나 들간유?"

"몇 푼이라니? 요새 개 값이 송아치 값이잖냐?"

"오늘 실장어 수월찮이 잡었잖유, 뭘 그류……."

장묵은 그동안 기름기 있는 음식을 먹은 게 언젠지 모른다. 원래 먹는 것엔 아끼는 편이 아니었지만 별 벌이가 없고 어머니가 자리보전하고부터였다. 가끔 화투판에서 개평을 뜯거나 동네 계에 가서 삼겹살 두어 점 먹은 것이 고작이었다. 형편이 풀리면 일묵에게도 주머니를 풀고 선심을 쓰리라고 별러 오던 터에 잘됐다 싶다. 실장어를 수집상에게 돈 사면 낮에 먹기로 한 개고기 값에서 일묵 몫까지 치러 주리란 생각을 한다. 세상 사는 일로 시름에 겨울 때는 막걸리 몇 사발은 그에게 큰 위로가 되었다.

"성님, 이제 일어나쥬. 이렇게 앉었다가는 한옰겠네유. 얼릉 집에 가서 쉬자구유."

일묵이 담배 불을 끄며 툭툭 털고 일어나면서 무엇에 쫓기듯이 재촉했다. 장묵도 슬그머니 따라 일어서서 실장어가 든 비닐자루 입구를 다독여 어깨에 을러메었다. 순간 심한 어지러움에 제대로 발짝 떼기가 힘겹다. 아랫도리에 힘이 부쳐 가벼운 경련이 일어서 비척거린다.

"성님, 무거워서 그러지유? 인지슈 지가 들께유."

힘이 부쳐함을 알아차린 일묵이가 거들려고 하자,

"내비둬, 이 정도도 못 들구 가면 송장이지 살았다구 헐 수 있 겠냐?"

장묵은 고집스럽게 어깨에 을러멘 비닐자루를 내려놓지 않는 다. 장묵의 병색을 띠다 못해 숯검정처럼 새카맣게 타버린 얼굴 과 장작개비처럼 비쩍 마른 모습을 일묵은 불안스레 바라본다.

앞만 보고 걷다가 고개를 들자, 마을 입구에 얼기설기 얽혀 있 는 철조망이 바로 눈앞에 나타났다. 철조망은 해상 간첩 침투를 막기 위해 해안을 따라 설치한 방공망이었다. 지금은 정권이 바 뀌고 바로 눈앞에 서해안 개발 공사가 한창이어서 일부는 제거 되었지만 마을 입구에도 역시 철조망이 여기저기 남아 있었다.

"제기랄 이 동네는 백날 가두 변하는 게 읊어…… 이런 것 좀 말끔히 못 읊에나? 지금이 워떤 세상인디 쩝."

장묵이 중얼거린다. 볼 때마다 철조망은 목에 걸린 생선가시처 럼 못마땅스럽다. 왜 그리도 사람 사는 곳곳에 군사분계선에 민 간인 통제 구역이 많은지 거추장스럽고 짜증난다.

날이 훤히 밝아 오면서 장묵이 사는 동네의 집들이 아침 안개 속에 게딱지처럼 납작하게 엎드려 있는 게 빠안히 건너다 보였다.

"성님, 실장어는 원제 넘기러 가실뀨? 지금 직접 가시지 않구 이따쯤 가실뀨?"

"이렇게 이른 아침인디 수족관이 벌써 문이나 열었간?"

"왜유? 철이 철인만큼 아침 일찍 열지유."

"나는 이따만치 갈껴. 노인네가 어떻게 허구 계시나 가 봐야 헐꺼 아닌감?"

장묵이 대꾸했다.

앞서가던 일묵은 돌아서 가야 하는 신작로를 피해 지름길로 접어들었다. 먼저 철조망의 개구멍으로 납작하게 몸을 구부려 기어서 나간다. 발밑엔 겨우내 먹고 내다버린 썩은 김치 쪼가리, 과일 껍질, 생선 뼈, 조개 껍데기 등, 신문지 조각과 비닐끈, 온갖 쓰레기가 널브러진 게 희끄무레하게 보였다. 썩은내가 코를 찌른다.

"으이 드러워…… 벼락맞을 인간들, 뭘 처먹구서 이렇게 함부루 쓰레기를 예까지 버렸댜…… 이 동네 씨알 머리들이 다아 요 따위여. 에이 드으런 것들……."

일묵이 두런거렸다.

철조망이 엉켜 있어서 비닐자루를 을러멘 터이라 빠져나가기엔 쉽지가 않았다. 장묵은 삐죽하게 뻗힌 철조망 가시를 휘어서 대충 바로 잡으며 걷는 일묵을 따라 비닐자루를 어깨에 멘 채 납작하게 엎드렸다. 간신히 개구멍을 빠져나가서 일어서는 순간 발밑에 물컹하는 것이 밟히더니 '허엇~' 하는 소리와 함께 쭐끄덕 미끄러졌다. 그와 동시에 어깨에 을러 멘 비닐자루가 철조망에 걸려 쭉 찢어졌다. 실장어와 물이 한순간에 어깨 위에서 쏟아져 쓰레기 더미와 합쳐졌다.

"성님, 왜, 왜 그러슈?"

얼핏 뒤돌아 본 일묵은 황그리는 걸음으로 달려왔다.

"어허! 이, 이게 어쩐 일이래유, 다치진 않으셨슈? 쯧쯧……."

장묵은 허리를 삔 것도 같았지만 비닐이 찢겨 쏟아져 버린 실장어를 생각하자 눈앞이 캄캄하다. 울퉁불퉁한 바닥을 손으로 뒤적거려 보지만 이미 엎질러진 물이었다. 실장어는 쓰레기 구석구석으로 스며들어 한 마리도 집어 담을 수가 없었다.

"에이구우, 이 노릇을 워쩌여, 이, 이 아까운 걸……."

장묵은 탄식하며 반쯤 누운 자세로 두 다리를 뻗은 채 운신을 못하였다. 일묵은 실장어를 담아 보려고 하지만 오물 속의 조개 껍데기와 먼지가 콩고물이 된 채 흔적도 없이 뭉개져 버리고 만다. 일묵은 쓰레기 더미 위에 아예 탈싹 주저앉아 일어날 생각도 않는 장묵을 바라보며, 얼마간 자기 잘못인양 뚱하게 서 있었다.

"성님, 아깝지만 어떡헌대유, 계집 끼구 술 마신 폭 대슈."

위로하느라 빈말이나마 던져 본다. 술 마신 폭 대라니…… 그걸 잡느라고 몇 달을 기다리고 며칠을 별렀다. 물때 맞춰 반두를 들고 밤새 뻘 속을 헤집으며 허우적거리지 않았는가. 밀물이 닥치기 전에 허리 한 번 안 펴서 몸이 딱딱하게 굳어 쥐가 날 정도였다. 그걸 잘 알면서 남의 일이라고 그렇게 쉽게 말하는가 싶어 약 오르고 서운해서 부아가 난다.

"참, 너 같으면 아무렇지도 않겠따."

장묵은 역정을 내며 퉁명스레 뇌까린다.

"속상하지만 워척헐뀨? 엎질러진 물을 도로 주워 담을 수두 읎구…… 허 참……."

말은 그렇게 해도 오십만 원이란 돈을 그대로 쓰레기 더미 위에 쏟아 버린 꼴이 되었으니 장묵의 마음이 오죽하랴, 일묵도 안타까워서 마음을 졸인다.

"헐 수 읎잖유? 성님 일진이 나뺐다 생각하실 밖에유…… 어여 일어나슈."

장묵은 다리와 허리에 통증을 느껴 얼굴을 찡둥거리며 일묵에게 매달리다시피해서 간신히 일어난다. 일묵이 앞서서 걷고, 뒤따르는 장묵은 다리를 절룩거린다.

"성님, 자빠진 김에 쉬어 간다구 속상헌 기분두 풀겸, 저랑 해장이나 한잔허시지유? 집사람 몰르게 꼬불쳐 둔 돈이 있거든유?"

장묵의 속상한 마음을 잔 술 한잔으로라도 풀어 주려고 일묵은 그렇게 말했다.

"에이, 재수 존 년은 뒤루 자빠져두 거시기에 돌팍 낀다는디, 나같이 재수 읎는 늠은 앞으루 자빠져두 이따우루 씹굿대가 부러진다니께."

장묵은 허텅지거리를 해서라도 구겨진 마음을 풀려고 걸게 입을 놀려 본다. 일묵이 픽— 하고 소리 내어 웃자 장묵도 피식 따라 웃는다.

두 사람은 힘 풀린 걸음으로 말없이 걸었다.

마을 주위는 안개로 휩싸여 태풍이 지나간 뒤처럼 적막하기만
하다. 새벽의 음산함과 으슬으슬한 찬 기운에 장묵은 몸을 옹
송그렸다. 마을 입구에 들어서는 아스팔트 도로에 접어들자 모
래를 실은 덤프 트럭들이 헤드라이트를 켜고 줄 지어 지나가는
게 보였다.

꼬불꼬불하고 좁은 골목을 거쳐서 살림집, 슈퍼마켓, 세탁소,
치킨집을 지나서 골목 안으로 들어가자, '개코야식'이란 간판
이 눈에 들어왔다. 두 사람은 그 선술집 앞에서 발을 멈췄다. 김
치찌개, 설렁탕, 선지국, 밥 등 식사류와 주류를 파는 이곳은 그
들이 가끔씩 찾는 단골집이었다. 일묵은 입구 문을 드르륵 열며
홀 안을 기웃거린다.

"이 집엔 아무두 읎는규?"

방 안에 누워 있었던가. 얼굴에 깨알을 뿌린 듯 주근깨 투성이
에 기미로 얼룩진 마흔 살가량의 헐렁한 바지 입은 뚱뚱한 여자
가 턱이 빠져라고 하품을 하며 나왔다.

"업쎄, 밤새 누구헌티 쩌눌렸나 머리가 왜 그 모양유?"

아무렇게나 뒤통수에 핀을 꽂아 곧 흘러내릴 듯 새둥우리처럼
부품한 여자의 머리를 보고 장묵이 농담을 한다.

"으이그. 간섭허는 작자가 많아서 무슨 일도 못한다니까. 어
서들 오세요."

여자는 장난끼를 실눈에 가득 담고 천연덕스럽게 대꾸한다.

"그런데 식전에 웬일이에요?"

여자가 그들을 위아래로 훑어보며 묻는다.

"해장하러 왔으니께 뜨뜻한 국물이나 있으면 좀 주쇼."

선 채로 일묵이 말하자,

"손목이 온통 개흙 투성인게 실장어 잡구 오시나 본데 저 쪽
으로 가서 먼저 씻기부터 하세유. 원 구저분해서 살겠어유?"

주방 한쪽 귀퉁이에 놓인 함지박에, 호스를 대어 물이 넘치고
있는 것을 여자가 가리켰다. 두 사람은 여자의 말이 떨어지기 바
쁘게 허리까지 올라온, 고무 옷을 훌훌 벗고 닦기 시작했다. 여
자는 굼뜬 동작으로 된장 종지와 풋고추, 당근, 오이 등을 썰어
담은 접시를 탁자 위에 날라다 놓는다. 해장국을 데우려는지 가
스렌지에 불을 붙이려고 엎드린 여자의 두리뭉실한 허리가 허옇
게 드러난 살빛에 시선이 닿자 장묵의 얼굴이 열적다.

처복이 없는 건가? 아내는 장묵이 마흔 살 되던 해에, 사내와
배 맞아 도망갔다. 삼 년 전에 들어온 여자는 어머니의 수발이
버거웠던지, 정이 멀어졌던지 반 년도 못 살고 나가 버렸다. 그 뒤
로도 다른 여자를 몇 더 만났으나 우렁알 빼먹 듯 돈만 빼가지
고 도망가 버리거나 흐지부지 되고 말았다. 노망 든 어머니 때문

에 누가 들어와서 살아 줄 리도 없지만 장묵 또한 이젠 여자라면 신물이 난다.

여자가 입은 우중충한 밤색 바지와, 거무튀튀한 얼굴과, 칠이 군데군데 벗겨진 탁자와 검게 그을린 냄비와 구질구질한 식당의 도구들이 구색이 잘 맞아 떨어졌다. 술맛이 십 리는 달아날 것 같지만, 이 집을 궁겁게 찾는 이유는 여자가 후하고 희떠웠기 때문이었다. 성격도 둥글둥글하게 생긴 대로 막힘없이 시원시원해서 너나 할 것 없이 좋아했다. 여자는 선지국 뚝배기에 고기 건더기를 듬뿍 넣어, 두 사람이 앉은 탁자 위에 올려 놓고 소주 한 병을 따 주었다.

"에이, 사는 게 뭔지."

장묵은 얕은 한숨을 내쉬며 코를 빠뜨린 채 발등을 내려다본다.

"성, 아직두 그 생각이슈? 제발 기분 좀 푸슈. 남자가 쪼잔하게 그깟일루 속을 끓이구 그래요…… 살다 보면 이럴 때두 있구 저럴 때두 있구 그런 거니께 나쁜 일은 빨리 잊어뻔지능 게 낫어유, 그보다 더한 것에 대야지…… 성이 팔뚝 부러졌으면 어쩔 뻔 했슈? 실장어 엎은 게 낫어유? 팔뚝 부러진 게 낫어유? 실장어는 내일 새벽에 또 잡으면 될꺼 아뉴?"

일묵이 술잔에 소주를 잘름잘름 따라 주자, 장묵은 단숨에 들이킨다. 술은 속을 뜨겁게 데우며 잘도 넘어갔다. 안주로 당

큰 조각을 입에 넣고 우물우물 씹을 때마다 장묵의 야윈 볼이 홀쭉 패어진다.

"큰 형님은 전화도 토웅 못 받지요?"

"다아 알면서 묻긴 뭘 묻냐?"

장묵은 만사가 귀찮은 듯 짜증 섞인 목소리로 퉁명스레 대꾸했다.

일묵은 엎어지면 코 닿는 곳에 살고 있어서 형의 사정을 누구보다도 빤히 알고 있으면서도 그렇게 묻는 것은, 집안 얘기를 입에 올려 실컷 입방아 찧으려는 것으로만 보인다.

"병원에서 퇴원하셨담에유?"

"응, 지난 겨울에."

"우리 동네서 대학교 교수는 큰형님 한 분뿐이었는디 워쩌다가, 으이구."

장묵은 일묵이 지금 무슨 말을 꺼내려는지 잘 안다.

안 듣는 데서는 동네 사람들과 한통속이 되어서, '뼈 빠지게 일해서 자식 가르쳐 놨어두 아무 소용 읎능규…… 똑똑헌 자식은 안 모시구 못 배우구 홀애비 된 자식이 망령든 엄니 섬기잖유. 옛날 어른들 말씀이 하나두 안 틀려유. 눈먼 자식이 효도한다잖어유. 나는 죽었다 깨나두 엄니께 장묵 성님처럼 못햐.' 하며 이죽거린다는 것을 잘 알았다.

형이 투옥되고 난 직후 소문은 동네에 삽시간에 퍼져 집안사람들까지 갈귀눈을 뜨고 바라보곤 했었다. '가난한 나라서 주는 장학금으루 외국에서 박사학위까지 받아와서 교수까지 됐음서 빨갱이 노릇을 혀? 처벌 받어 마땅혀.' 한순간에 간첩으로 몰렸을 때도 형을 향해 그렇게 욕한 사람도 일묵이었다. 아버지가 일찍 돌아가신 후, 억척스레 일해 형 학비에 보탰던 장묵은 충격이 컸다. 어머니는 아예 문밖을 나가지 못했다.

"너두 이제 좀 그만혀…… 형이 어머니를 안 모시는 게 아니라 아직은 형두 환자여…… 바른말께나 허는 이들은 빨갱이다 간첩이다 누명 씌워서 잡아다가 물고문 전기 고문하는 위엣 것들이 잘못이지 형 잘못은 하나두 읎어. 형이 그 일로 저렇게만 되지 않았어 봐. 어머니를 비단 보료에 앉혀 놓으셨을 게다. 형처럼 어머니에게 잘한 자식두 읎어."

장묵은 답답한 듯 이맛살을 찌푸리며 설명했다.

생전 형에 대해서 이렇다 저렇다 말 한마디 없고 쉬쉬했다. 잘못 했다간 어떤 봉변을 당할지 모를 일이기 때문이었다. 장묵의 입에서 그런 말이 나올 줄 몰랐던 일묵의 눈이 휘둥그레진다. 일묵은 누가 듣고 있나 않나 주변을 두리번거렸다.

"쉿! 형님 동네사람 엿듣겠어유. 그런 뜻으루 한 얘긴 아니구먼요. 저렇게 된 형이 안타까워서 하는 말이쥬."

"세상이 바뀌었어. 대통령 한 명 출마해 놓구 뽑던 그 전 세상과는 다르단 말여. 그때야 말 한마디 잘못하면 쥐도 새도 모르게 잡혀갔지만 요즘이 워떤 시상인디 말 조심허냐?"

형은 요즘 정신병원에서 나와 겨우 안정을 되찾아 가니 어머니를 형수에게 떠넘길까 생각을 아주 안 해 본 건 아니었다. 바빠서 늘 동동거리고 집에 있는 날이 거의 없는 형편인데 언제 어머니를 수발할 시간이 있겠는가? 이해하면서도 형수에 대한 서운함이 가시질 않는다.

〈서방님, 돈 십만 원 부쳤어요. 어머님 고기라도 사다 드리세요. 미안해요. 이번에 꼭 갈려고 했는데 시간이 안 나네요. 정말 죄송해요.〉

작년 같으면 이렇게 전화라도 했을 텐데, 올 정월 어머니 생신 때는 그 전화마저도 없다. 늘 기억하고 있다가도 그날에 와서는 까뭇 잊어버릴 수도 있으니 생각나면 생신이 지난 후에라도 전화할 테지 하고, 미역국 끓여서 생신 상을 차려 드렸다.

형에게 무슨 일이 있는 것일까? 반년이 넘도록 전화 한 통 없다는 것이 납득이 안 간다. 혼자된 몸으로 치매를 앓고 있는 어머니를 모시고 있는 자기를 봐서도 도저히 그럴 수는 없는 노릇이었다. 젊었을 때는 공부한다고 지게 한 번 져 보지 않고, 방학 때만 잠깐 왔다가 초싹 올라가고, 지척에 살면서 동네에 무슨 일이 나면 돈만 몇 푼 부치고 말던 형을 속으로 미워한 적도 많았다. 그 원망은 잠시였고 형이 죽으라면 죽는 시늉까지 할 만큼 형을 끔찍이 따랐다. 장목에게 그리고 집안의 자랑거리였던

형이 그렇게 하루아침에 망가질 줄은 꿈에도 상상치 못했다.

갯물의 쩐 내와 비린내로 파리 떼가 얼굴이고 다리에 자꾸 엉겨 붙었다.

"아줌니! 웬 파리가 이리 꾀유?"

장묵은 쓰레기 더미 위에 얹은 실장어가 자꾸 눈에 어린다. 플라스틱 함지박 앞에서 상추를 씻던 여자가 힐끗 돌아보며 대꾸했다.

"원체는 그느므 파리들이 극성이네유. 암만혀두 갯가 뚝생이다가 함부루 버린 쓰레기 땜에 그럴뀨."

"도대체 거기다가 쓰레기 버린 씨알머리들은 어떤 것들이며, 또 청소부들은 여태 뭘 허구 그걸 안 치우구 있대유?"

쓰레기 더미 위에 장어 얹은 일을 상기하고 일묵은 흥분한 어조로 떠들었다.

"전들 알간유? 거기 한 번 지나칠라먼 썩은 내 때문에 토악질이 나서 댕길 수가 읎대유. 아예 쓰레기장이 되버렸어요."

장묵은 언제인가 오징어잡이 배를 탔을 때 벌금 안 내려고 쓰레기를 아무도 없는 틈을 타서 바다 한가운데 버렸던 일을 떠올렸다. 그것은 농부가 제 논밭에 쓰레기를 져다 붓는 거와 다름없는 짓이었다. 그저 아무데나 버리고 무관심했던 일이 떠오르자 스스로 부끄러워진다.

"아줌니이! 여기 기름이 엥꼰디유?"

일묵이 빈 소주병을 들고 흔들었다. 세 병째 빈 병이었다.

"엥꼬면 또 드라야쥬. 근데 식전부터 웬일루 술을 이렇게 푸신대유? 에이구 이 실장어 다 쥑이겄네."

종종걸음으로 소주를 내다 주며 여자는 일묵이가 잡은 실장어 든 바께스를 들여다보고 걱정스런 표정을 지었다.

"염려마시구 아줌니두 술이나 한잔 받어유."

"어이구우 지가 술 좋아하는 건 어떻게 아셨대유?"

장묵이 권하는 한잔 술에 여자는 온 얼굴에 웃음을 담고 어린 애 같이 좋아한다.

"식전이라 장봐다 논게 읎네유. 두부나 한 모 부칠까유?"

비록 두부 한 모 값은 헐하지만 여자는 언제나 술값 계산에 넣지 않고 두부 부침 따위를 덤으로 내어놓곤 했다.

"매일 올적마다 두부 한 모씩 그냥 부쳐 주는 척하면서 안주에다 바가지 씨는 거 아뉴?"

"왜 바가지만 씌우겠슈, 함지박을 씌워야지."

여자는 일묵의 허텅지거리를 유들유들 잘 받아 넘긴다.

"난, 집에 갈라네. 엄니가 기다려."

"엄니라뉴? 여지껏 치매 앓는 어머니를 혼자 모시고 계신 거유?"

여자가 눈을 동그랗게 떴다.

"형님은 여지껏 노인네 병수발하느라 장가도 못 갔슈."

"시상이나, 노인네 모시는 일이 얼마나 힘든디 혼자 몸이라면서 요양원에 모시지 않고 그러고 계세유? 효자이긴 하지만 그게 보통 힘드셔야쥬. 하긴, 한 재산 물려 받으먼사…….."

"남은 재산이 어디 있슈? 형 밑에 다 꿀어박은 걸."

장묵이 투덜거리며 일어났다.

"하기사, 어느 집이구 대학 가르칠려면 땅뙈기 남까다유?"

여자는 쉬임없이 떠들거렸다.

그들은, 얼근히 낮술에 취해 '개코야식'을 나왔다. 일묵은 실장어를 넘기러 가야 해서 갈림길에서 서로 반대편으로 헤어졌다.

집들은 거의 고만고만하지만 가장 움푹 꺼진 게 장묵의 집이었다. 그 집안에 노망든 쪼글쪼글한 어머니가 있다.

어머니는 머리 위에 하얀 모시 덤불을 떠인 것처럼 하고, 마루에 묵연히 앉아 있었다. 정신이 있을 때 같으면, 오늘처럼 실장어를 잡아 돈 사는 날이면 새벽 댓바람부터 일어나 장묵의 군입정을 위해 돼지고기를 삶거나 달걀을 삶곤 했다.

장묵은 그때가 새삼 그립다. 지금은 밥이고 빨래고 자신의 손이 닿지 않으면 안될 만큼 어머니는 기운이 없고 정신이 오락가락 했다. 집을 나가거나 농에 든 옷가지를 빨랫감이랍시고 물에 담가 놓지 않으면 다행이었다.

장묵은 부엌으로 들어간다. 어젯밤 먹고 남은 미역국에 밥을 말아 김치 보시기를 상 위에 얹는다. 마루에 앉아 있는 어머니 앞에 상을 놓아 준다.

'실장어는 넘기구 왔네? 월마나 되던?'

어머닌 그렇게 물었어야 옳았다. 자꾸 취해서 감겨지는 눈을 애써 부릅떴다.

장묵은, 귀먹은 어머니가 묻기라도 한 것처럼 혼자 중얼거렸다.

"엄니, 실장어를 홀딱 엎어먹구 왔슈."

취해서 혀가 곱은 목소리였다. 들었는지 못 들었는지 멀뚱하게 쳐다볼 뿐이었다. '워따 엎지르구 그려?' 어머니가 이렇게 묻는 다면, '워따 엎질렀다면 노인네가 뛰어가서 도로 주워 오실꺄?' 하고 핀잔이라도 할 참이었다.

옛날부터 어머니에게 무슨 말만 하면 불량스럽고 삐딱하게 핀잔부터 하는 버릇이 있었다. 그래도 그 뜻 다 받아 주던 그때 모습이 그리웠다.

이젠 해골과 다름없는 어머니의 모습에 뜻 모를 분이 북받쳤다.

장대 같은 아들을 두어 비단 보료에 뒹굴어도 좋을 어머니의 호사스럽지 못한 장수함이 부끄럽고 싫었다.

장묵은, 마당귀 수돗가로 비틀비틀 걸어가서 수도꼭지에 입을 대고 벌컥벌컥 들이켰다. 턱에 흘러내린 물을 훑으면서 게슴츠레한 눈으로 어머니를 올려다보았다. 오물오물 음식을 씹고 있는 어머니의 공허한 눈빛과 마주쳤다.

"엄니, 인저 지발, 지발 점 돌아가슈. 논 밭 팔아 당신 큰 아들 박사까지 만들었어두 모실늠 하나 옰잖유. 내내 농사지어 참지름 짜고 뭣허구 한 보탱이씩 이고 가두 하룻밤도 못 묵구 돌아오구, 늙구 병드니께 전화 한 통은커녕 똥치던 막대기 취급하잖어유? 지 새끼들은 신주단지 모시면서 먹을 것 하나 챙겨오는 자식 없구, 지두 인저 심두 옰구 벵들어서 엄니 수발두 힘들어유. 지가 먼저 죽는다면 엄니는 어떡허실뀨?"

장묵은 악다구니하듯 소리라도 치고 싶었다. 술김에 실컷 울고 싶은 걸 참는다.

헛간 옆에 용도를 잃은 채 방치된 녹슨 펌프가 보인다. 그 펌프로 퍼 올린 샘물에 갯것을 손질하던 어머니의 옛 모습이 떠올랐다. 지금쯤이면 마당 가득히 봄꽃들을 피워 놓았을 것이다. 삼 년 전부터 어머니가 정신없고부터는 해마다 잡초만 웃자라고 달랑 한 그루 남은 석류나무만 해마다 시원찮은 열매만 맺힐 뿐이었다.

장묵은, 눈이 저절로 감겨 비틀걸음으로 마루에 올라가 벌렁 누워 버렸다. 어머니의 모습과 함께 쇠잔해진 뜨락이 가물거렸다.

깊은 잠에 곯아 떨어졌다.

어머니가 장묵을 흔들어 깨웠다.

찬바람에 새우처럼 구부린 어깨와 잔등이 선득선득하고 속 쓰림과 갈증에 못 견뎌 부스스 눈을 떴다. 어머니가 머리맡에 앉아 있었다. 얄팍하고 쪼글거리는 입술을 달막거리면서 무슨 말인가를 쉬임없이 되뇌이었다.

"엄니 뭐유? 너무 피곤해서 눈을 좀 붙여야 무슨 일이라두 허쥬."

장묵은 찡그린 얼굴로 돌아누우며 짜증을 부렸다.

"장묵아, 지장골 밭이랑 대락굴 논이랑 팔아야 쓰것다. 그것 다 팔아 니형 학비루 쓰야것어."

어머니의 목소리는 잠시 끊어졌다가 이어졌다.

"그 땅, 빨리 팔아야 혀. 형 박사학위 하는 데 써야 댜."

장묵은 일어나서 무어라고 말을 해야 하는데 가위에 눌려 손끝하나 움직일 수 없었다. 입술만 달싹거려질 뿐 목소리가 안 나왔다. 하지만, 분이 북받쳐 저도 모르게 발딱 일어나 앉았다.

"엄니, 지장굴 밭이랑 대락굴 논 없어진지가 원젠디 그걸 판다구 허슈. 밭은 형 대학원 댕길 때 박사 딴다구 팔아 치웠구, 논은 형이 결혼할 때 팔구, 한전 아파트 들어와 보상으루 받은 돈은 성 집 산다구 다 줬뻔졌잖유. 사십 평 깔고 앉은 집 터 이것뿐인 걸 잊어 먹었슈? 그런디 지금 무슨 땅을 판다구 허시능규? 으악, 복장터지는 꼴 볼라구 그류 지금? 장남, 장남, 평생 그노므 형, 형, 지금 저 보고 어쩌라고요?"

마구 퍼부었다. 정신없는 노인네에게 패악을 떨고 골부림을 부려 뭣하랴 싶으면서도 자제가 안 되던 것이다. 〜

뻥구형

주택 공사장에서 질통을 져 나르는 내겐, 국밥 한 그릇을 먹는 일은 무엇보다 중요했다. 그날도 반나절 동안 어깨의 허물이 벗어지도록 모래를 져 나르다가 점심때가 되어 어슬렁어슬렁 시장통으로 내려 왔다. 국밥집으로 들어가자 언제나처럼 달포 전부터 이 식당 주방에서 허드렛일을 하는 계집이 궁둥잇바람을 내며 반겼다. 계집은 조개턱과 갈고리눈에 거무데데하고 차가운 인상과는 달리 붙임성이 있었다.

탁자 앞에 앉자마자 물수건과 보리차가 담긴 컵을 가져다 놓고 생글생글 눈웃음 짓는 것이 오늘따라 더욱 계집끼를 풍긴다.

"볼 때마다 느끼는데요, 보매는 기운이 하나도 없어 보이는데 언제부터 그런 험한 일을 하셨어요? 웬만한 사람 같으면 공사 기간이 길어서 힘에 부쳐 벌써 나가 떨어졌을 거에요."

계집은 나에게 그렇게 먼저 말을 걸었다. 나는 계집의 붙임성을 좋아하지 않았다. 아니, 세상을 사는 아량이 부족한 탓인지 여자에 대한 이해의 폭이 좁은 탓인지 마흔 살이 훨씬 넘은 지금까지 어느 여자에게도 마음을 빼앗겨 본 적이 없다.

도시를 떠돌면서 장난하자고 여자 한번 안아 본 적이 없다. 차도 없고 유머도 없고 생김새가 왜소하고 변변한 일자리가 없는 탓인지도 몰랐다.

계집이 국물이 든 뚝배기와 밥이 담긴 스텐 밥그릇, 깍두기, 파김치 접시 따위가 올려진 쟁반을 들고 왔다.

"하휴, 팔 빠지겠네, 이것 좀 받아 주시지……."

계집은 내 쪽으로 바짝 나엎어지듯 다가서서 눈을 흘겼다.

"덩치가 커서 호랑이라도 때려 잡겠는디 무슨 엄살유?"

나는 무표정한 얼굴로 퉁명스레 내질렀다. 이혼녀에 식당 주인집 딸이라는 계집은 까닭 없이 골이 난 얼굴로 꿈지럭꿈지럭 뚝배기와 밥그릇과 반찬 접시를 탁자 위에 소리 나게 놓았다. 나는 이질감에 본숭만숭 간도 볼 것 없이 스텐 주발에 든 밥을 뚝배기에 쏟아 넣고 숟가락으로 휘휘 저었다. 밥 한 숟가락을 떠 입에 넣다가 무심코 유리문 밖을 내다보았다.

식당 앞엔 묵나물, 생선, 채소 등을 팔고 있는 장사치들이 좌판을 벌여 놓고 앉아 있는 시장통이었다. 상인들과 그 앞을 오가는 사람들로 몹시 복잡했다. 맞은편엔 튀김집, 분식집, 건어물

가게, 당구장 등 간판이 붙은 건물이었다. 건성으로 숟가락질을 하면서 구두닦이 앞에 서 있는 사내에게 내 시선이 멈추었다.

사내는, 헝겊을 펼쳐 들고 군화를 닦고 있는 소년을 내려다보고 있었다. 분명 어디선가 본 듯한 얼굴이었다. 누런색 슬리퍼를 신고 허름한 작업복 주머니에 두 손을 찌른 채 서 있던 사내가 내 쪽으로 고개를 돌렸다. 설핏 의미 모를 미소를 피워 올리는 것처럼 보였다. 큰 키의 더벅머리에 오뚝한 코, 서글서글한 눈매, 주머니에 손을 찌른 채 무연하게 서 있는 모습이 뜯어볼수록 병구형이었다.

사내는 슬리퍼에서 발을 꺼내어 소년이 나볏이 놓아 준 군화 속에 발을 넣고 잰걸음으로 인파 속을 유유히 빠져나갔다.

"형, 형, 뼁구형!"

나도 모르게 소리치며 식당 밖으로 용수철처럼 뛰쳐나갔다. 뼁구형은 병구형의 별명이었다. 이쪽저쪽 눈으로 뒤져 보지만, 사내가 어느 방향으로 갔는지 가늠하기 어려웠다.

'아니야, 그럴 리 없어. 뼁구형은 이미 흙이 되었을 거야.'

나직하게 탄식처럼 중얼거리며 담배를 꺼내어 불을 붙였다. 한 모금 깊숙이 빨아 한숨을 토하듯 후후 내뿜었다. 흩어지는 담배 연기 속에 병구형의 얼굴이 가물거렸다.

병구형과 나는 보령 은포리에서 나고 자랐다. 병구형은 다섯 살 때 열병을 앓아 말을 못했다. 하지만, 청각 장애인답지 않게 항상 낙천적이고 겨우 깨우친 한글로 늘 독서를 했다. 그늘져 보이지도 않았고 정신적인 결핍이나 결함을 전혀 엿볼 수 없었다. 생활에 찌든 사람답지 않게 귀태가 흘렀다. 겉으로 보기에 말끔한 그에게 말을 걸었다가 청각 장애인이라는 걸 알게 되면 누구라도 한 번쯤 그의 외모를 입에 올려 안타까워했다.

'어쩌면 저렇게 잘 생긴 사람이 말을 못하네, 아까워라.'

키가 작고 여자처럼 간드러지게 웃기를 잘하고 몸 시늉이 여성스러운 나는, 친구들에게 여자라고 놀림을 당하고 왕따를 당했다. 그래서 다른 사람들 대화에 잘 끼지 못했다. 늘 혼자였고 의식적으로 사람을 피했다. 나와 다섯 살 층하가 나는 병구형은 그런 나를 감싸면서 어디든지 데리고 다니며 각별한 애정을 쏟았다. 점점 성장하면서 주위에 있는 친구들은 같은 또래의 계집아이들을 사귀려고 안달했지만 병구형 외에는, 여자들은 물론, 누구에게도 그런 감정을 느낄 수 없었다. 나에겐 오직 병구형 한 사람 뿐이었다. 병구형을 만났다 헤어지면 야릇한 환상에 사로잡혀 다른 일에 집중할 수가 없었다. 그 감정은 늘 나 혼자 일방적이었지만 형제애 같은 감정이거나 유별나게 깊은 우정이라고 믿고 있었다.

지금 생각하면 패기 넘쳐야 할 내 젊은 날은 성도착증 비슷한 스토커의 삶이었음을 깨닫는다. 가난한 환경에서 제대로 교육을 받지 못한 처지와 결코 낙관할 수 없는 내 인생과 불확실한 미래에 대한 불안감은 성마른 욕정으로 나타났다. 병구형을 향한 떳떳치 못한 성적 환상과 그것을 떨치지 못하는 죄책감이 늘 충돌하는 괴로운 기억밖엔 없다. 병구형을 잊으려고 다른 사람들처럼 포커나 바둑 당구 같은 잡기에 빠져 보려고 노력했지만 헛일이었다. 늘 어두컴컴한 방안에 갇혀 병구형을 생각하면서 수음을 하곤 했다.

나와 병구형은 어부나 노동판에서 막일을 하지 않으면 딱히 할 만한 게 없었다. 선착장에서 짐짝을 나르거나 서산, 당진, 부여, 서천, 전주 등 함께 외지로 떠돌며 공사판에서 질통을 지기도 했다. 공사판에 일거리가 없어 집에 있는 날은 미리 약속이라도 한 것처럼 물고기를 잡는 데 필요한 그물이며 장화 따위를 챙겨 병구형과 집을 나섰다. 우리는, 마을에서 멀리 떨어진 강어귀까지 이동하며 붕어, 미꾸라지, 빠가사리, 메기, 빙어, 뱀장어 등을 닥치는 대로 잡아 인근에 있는 식당에 팔았다.

스무 살 되던 해 늦가을의 일이다.

이웃에서 추어탕을 전문으로 하고 있는 사람이 우리들에게 미꾸라지를 부탁해 왔다. 자연산 미꾸라지는 값이 중국산보다 두 배나 비싸지만 굳이 자연산을 고집하는 사람에겐 흔치 않다는 이유로 따끔하게 받을 수 있었다. 늦가을엔 동면 준비를 한 미꾸라지의 영양이 가장 좋을 때라 사람들이 즐겨 찾는다.

우리는 오염이 덜된 곳을 찾아 길을 떠났다. 가슴까지 올라오는 노란색 장화를 신고 양손에는 그물과 바구니를 든 채 황량한 들녘을 오래 걷고 또 걸었다.

황혼녘에 물든 나무들과 끝없이 펼쳐진 들판. 그 사이로 흐르는 냇물은 햇빛에 반사 되어 은비늘처럼 반짝거렸다. 어디론가 끝없이 뻗어 있는 미지의 길은 아득하고도 아름다웠다. 병구형과 함께라면 영원히 돌아올 수 없는 곳으로 사라진다 해도 행복할 것 같았다.

우리는, 가운데 웅덩이가 있는 논을 발견하고 발을 멈추었다. 벼를 베고 난 논바닥은 흩어진 지푸라기와 건초 따위로 어수선했다. 미꾸라지는 농약 때문에 갈수록 줄어들었고 그나마 살아 있는 미꾸라지는 콤바인과 다른 농기구에 눌려 구멍이 막혀 죽기도 했다.

나는 그물을 들고 웅덩이로 들어가고 병구형은 기계가 안 닿는 논둑에 몰려 사는 미꾸라지를 잡기 위해 삽을 들고 각각 갈라졌다. 웅덩이는 꽤 깊어서 우물 속만큼이나 폭이 좁았다. 주위에 버들가지가 수북하게 자라 있었다. 바구니 속에 그물을 넣어 한 손에 들고 익숙한 동작으로 암벽을 타듯 조심스럽게 웅덩이 안으로 들어갔다. 그 웅덩이는 어딘지 모르게 자연적으로 생긴 게 아닌 것 같았다. 아니나 다를까?

"야, 이 새꺄, 오늘 너 잘 만났다. 지난겨울에 논두렁 모두 뭉개 놓고 물고기 씨를 말린 게 네 놈이지?"

욕설과 함께 돌멩이가 날아오고 대나무 막대기를 웅덩이 안에 넣고 나의 머리를 사정없이 후려치고 물탕을 쳤다. 장화 속으로 물이 들어오고 흙탕물이 튀어 눈과 콧구멍을 막아 숨쉬기도 곤란했다.

"야, 썩을 늠아! 물속에서 돌아다니는 미꾸라지도 내 맘대로 못 잡냐?"

홧김에 욕지거리를 하자,

"무어? 이놈이 그래도 살아서 주댕이를 나불거려? 이 안에 있는 미꾸라지가 거저 생긴 줄 아냐? 고기밥 사다가 조석으로 먹이 주고 키운 거여. 어서 안 나와? 물 속에서 송장 되고 싶어?"

논 임자는 웅덩이 안으로 막대기를 넣어 나의 머리통을 꾹 눌렀다. 아뿔싸, 양어장이었구나 싶어 밖으로 나가려고 웅덩이 가장자리에 나 있는 마른가지를 잡았다. 논 임자는 나를 아예 수장할 참인지 웅덩이 속으로 떠다박질렀다. 나는 곧 숨이 막혀 죽을 것 같아 물에 빠진 채 개구리처럼 허우적거렸다.

주변에서 논둑을 삽으로 파면서 미꾸라지를 잡고 있던 병구형이 달음박질로 와 끌어올렸다. 겨우 정신을 가다듬고 숨을 고르고 있는 동안, 병구형은 논 임자를 맹렬한 기세로 치고 박았다. 논 임자와 병구형이 엉겨 붙은 채로 논바닥에서 뒹굴었다. 병구형의 옷은 논흙범벅이 되었다. 으레 물에 들어갈 때마다 작업복을 따로 갈아입었는데 그날따라 금방 돌아올 참이어서 미처 옷을 준비하지 못해 난감했다.

우리는 파김치가 되어 흠뻑 젖은 채 야산 밑의 동굴 속으로 들어갔다. 마른 잎과 우듬지를 주워와 불을 지폈다. 알몸으로 활활 타오르는 불길 앞에 나란히 앉아 옷가지를 말렸다. 떡 벌어진 어깨판, 파르스름한 구레나룻 자욱, 반듯한 이마, 불을 지피느라 고개를 수그린 병구형의 얼굴이 장작불에 반사되어 주홍빛으로 물들었다. 그의 살결은, 바람에 갉히고 햇볕에 그을린 사람 같지 않게 희고 탄탄했다. 그에 비해 비루먹은 노새처럼 깡마르고 비리비리한 나 자신이 부끄러웠다.

한참 동안 넋을 잃고 감탄하는 눈길로 그를 바라보았다. 병구형이 널어 놓은 바지를 집으려고 내 쪽으로 몸을 구부렸다. 어깨에 맨살끼리 부딪는 순간 가슴이 마구 뛰었다. 입안에 마른침이 돌고 숨이 가빠졌다. 결국 성적인 충동을 억누르지 못하고 병구형의 알몸 위로 쓰러졌다. 나는 병구형을 껴안고 짚뭇 위에서 미친 듯이 뒹굴고 병구형의 뺨, 이마, 목에 수없이 입을 맞추었다. 몸부림하는 동안에 내 몸속에서 한 줄기 물줄기가 빠져나갔다.

쾌감과 창피함과 슬픔에 가슴이 먹먹해지면서 눈물이 흘렀다. 누운 채로 놀빛에 물든 저녁 하늘을 흐린 눈으로 바라보았다. 병구형은 당황하는 기색이 역력했다. 그는 허허롭고 쓸쓸한 낯꽃으로 내 허리를 힘주어 안는 것으로 어색함을 모면하는 것 같았다.

그 일이 있은 후 그와 한결 가까워진 느낌이 들었다. 하지만 그는 어딘지 근심과 연민 어린 눈빛으로 대했다. 언제부턴가 자꾸 나를 피하는 눈치였다. 지금 생각하니 분별력 없고 유치한 내 감정에 대한 거부감 때문이었을 것 같다.

병구형이 결혼한 것은 그 일이 있은 지 얼마 후였다. 자신과 같은 처지에 있는 벙어리 여자와 결혼한 것이다. 함께 사시던 어머니마저 돌아가신 뒤라 병구형과 함께 살 수 있다는 허황한 기대로 들떠 있을 때였다. 하지만, 병구형의 결혼으로 그를 사랑하는 일이 더 힘들어졌다. 얼룩진 병구형의 기억을 지우듯이 은포리를 떠났다.

사람들은 산천이 오염되어 물고기가 줄어서 더는 생계를 이어갈 수 없어서라고 알고 있었다. 하지만 병구형 때문임을 눈치 챈 사람도 더러 있을 것이다.

늙어서 병구형과 함께 살 거라고 취중에 농담반 진담반 속마음을 털어 놓은 적도 있기 때문이다.

은포리를 떠난 뒤 도시에서는 내남없이 더 어렵게 되었다. 나 역시 힘에 부치는 노동과 생활고 때문에 절망적이고 힘든 시간을 보냈다. 그럴 때면 은포리에서 병구형과 함께한 시간들을 떠올리며 그 황량한 들판과 나무들과 새 떼와 은빛으로 흐르는 고향의 냇가를 그리워하곤 했다. 외로움과 싸우면서도 병구형이 있는 고향으로 달려가는 마음을 꺾으려고 독해져야 했다.

어떻게 하든 돈을 모아 고향에 있는 집터에 집을 지어야지 결심했다. 하지만 비정규직으로 집세 내고 입에 풀칠하고 나면 쉽게 모아지지가 않았다. 더구나 음식점에 오토바이 맨으로 취직했다가 사고가 나는 바람에 모은 돈을 모두 날려 버렸다.

그러던 마흔 살 되던 어느 해 가을이었다.

죽기 살기로 어느 정도 모은 돈을 쥐고 병구형을 만날 수 있다는 기쁨으로 은포리에 갔다. 그가 실종된 지 열흘이 넘었다는 거였다. 재앙이 덮친 것처럼 마을은 흉흉하고 사위스러웠다. 우선 나는, 마을에서 가까운 곳에 숙소부터 정하고 밤이 깊어지기를 기다렸다. 내가 살던 동네는 대부분 막벌이꾼들만 모여 살아 낮에는 사람을 만나기 힘든 까닭이었다. 초저녁 내내 칠흑같이 어두워진 여관 창가를 서성이면서 고독과 가난으로 얼룩진 병구형을 떠올렸다.

대천역 근처에서 실내 포장마차를 하고 있는 병구형과 육촌간인 덕수형에게로 간 것은 밤이 늦은 시각이었다. 실내 포장마차에서는 한밤중인데도 내가 아는 몇몇 동네 선배들과 후배들이 모여 술을 마시고 있었다. 그들은 가끔씩 하루 일을 끝낸 후 그곳에 모여 별로 대단치도 않은 일로 목소리를 높이거나 요란한 시비를 하면서 술과 함께 풀어 나갔다. 나도 병구형과 함께 자주 찾던 곳이었다. 은포리 사람들은, '도대체 귀가 철벽인 사람과 말 한마디를 주고받을 수가 있나, 속을 트고 지낼 수가 있나, 무슨 재미로 맨날 붙어 술을 마시능겨? 혹시 둘이서 동성연애 허능 거 아녀? 이러고 늘 그와 함께 붙어 다니는 나를 비아냥거리곤 했었다.

서로 쓰다달다 주고받는 말 한 마디 없어도 병구형이 꿀꺽꿀꺽 마시는 모습만 보아도 좋았던 그때가 그리웠다. 굳이 손짓 발짓을 않더라도 내 표정만 보아도 무엇을 원하는지 이내 알아차리던 병구형은 어디로 갔을까? 안타까웠다.

실내 포장마차 안은 담배 연기로 자욱했다. 나무로 된 진열대 뒤쪽에서 숯불 위에 꽁치를 굽고 있던 덕수형이 손을 내밀어 악수를 청했다.

"어이구, 민호 오랜만이다. 그 동안 별일 읎었냐? 그런디 네 얼굴이 왜 그렇게 말렀냐? 워디가 안 좋냐?"

나를 본 선배가 실눈을 게슴츠레 뜨고 올려다보았다.

"원체는 핼쑥허다 야."

"이잉, 맨스허느먼 그러어."

일에 절어 초췌한 얼굴을 희뜩 쳐다보다가 누군가 느릿하게 말했다. 그들은 나의 여성스러운 목소리와 왜소한 몸피 때문에 업수이 여기듯 농담지거리를 하는 게 예사고 인사였다. 그전부터 병구형과 늘 함께 있는 것을 보면, '뺑구허구 너허구 몇 번 잤냐? 후장 따먹힌 기분이 어떻대?' 느물느물 원색적이고도 낯 뜨거운 농지거리를 서슴지 않던 선배도 있었다.

"늬 서방 뼁구가 옰어져 워척허냐? 안됐다 야."

그는, 우스갯소리로 한마디 거들고는 말꼬리에 흐흐 웃음을 달았다. 가끔 만나면 나이 먹고 늙수그레해질 때까지도 고치지 못하는 그들의 능청맞고 고약한 말버릇이 그날따라 몹시 귀에 거슬렸다. 나는 무시하느라 어느 때보다 더욱 더 얼굴빛을 싸늘하게 굳히고 병구형 소식부터 물었다.

"덕수형, 뼁구형이 어떻게 되었다구요?"

"야, 마음 가라앉히고 소주나 한잔 혀."

선배가 소주잔부터 내밀었다.

"실종된 지 열흘이나 지났는디 소식을 알 수가 옰어…… 실종되던 날 남포 간사지에 통발 놓으러 간 뒤 옰어졌다구 해서 우리두 찾을 곳은 다 찾어 봤는디 생사조차 알길 옰어."

병구형과 그전부터 이웃해 살던 덕수형이 말했다.

"거참 큰일이군요."

내가 한숨을 흘리며 고개를 떨구었다.

"그 성이 심장마비루 쓰러진 건 아닐까유?"

새카맣게 탄 꽁치살을 발라 내던 후배가 물었다.

"심장마비루 죽었다면 송장이라두 있어야 될 거 아녀? 구신이 곡헐 노릇이지."

"술 먹구 뒹굴어 시궁창에 빠져 죽은 거 아녀?"

누군가 한마디 거들었다.

"내가 그 형이랑 한두 번 술을 마셔 봤간요? 옛날부터 뼝구형 주량은 내가 잘 알아요. 쐬주 열 병 스무 병 마시고 다른 사람들은 다 테이프가 끊어져 인사불성 되어두 그 형은 똑바루 걸어 집으루 들어가 자곤 했는데요 뭘."

누군가의 말에 내가 설명했다.

"나두 그건 알어. 쐬주를 병째루 나발 불어두 낯색 하나 안변하던 사람이었으니께."

"야, 야. 그 뒤숭숭헌 얘기는 이제 그만 집어치자. 술맛 떨어지겠다. 늬들은 왜 오랜만에 만나 처음부터 궂은 얘기루 초치냐?"

병구형 말을 꺼내 놓아 술판이 깨질 때까지도 얘기가 끝이 안 나자 누군가가 짜증 섞인 목소리로 말을 막았다. 나는 그러거나 말거나 다시 병구형 얘기를 꺼냈다.

"행동이 민첩해서 절대루 사고를 당할 사람이 아닌디 도대체 뼝구형에게 무슨 일이 있었을까유?"

"누구는 행동이 느려서 사고를 당하나? 재수 읎으면 누구라도 피하기 어려운 게 사고지."

병구형의 실종은 주위 사람들의 걱정과 무수한 추측으로 뒤숭숭했다.

밤이 깊어 돌아온 병구형의 아내인 김여인이 살고 있는 곳에 들르기 위해 포장마차에서 나왔다.

그곳에서 병구형 집까지는 불과 오 분 거리였다. 자동차 겨우 한 대 지나갈 만한 길가엔 왕소나무와 느티나무가 서 있고 그 뒤쪽으로는 황금 물결이 일렁이는 논이었다.

병구형이 앉아 있을 것 같은 착각에 바람에 흔들리는 나뭇잎 소리에도 깜짝깜짝 놀랐다.

여름에 한가할 때면 왕소나무 그늘 아래서 병구형에게 해 지는 줄 모르고 장기나 바둑을 배웠던 기억이 눈앞에 그려졌다. 어둠 속에 뻣뻣하게 서 있는 느티나무와 왕소나무는 한층 우울하고 단단한 그 어떤 괴기스러운 물체처럼 보였다. 나는 재빨리 나무 곁을 지나 병구형 집 쪽으로 향했다.

병구형의 집안은 나간 집처럼 어수선했다. 뜰 여기저기 널브러져 있는 신발짝, 말라비틀어진 개밥그릇, 마루에 나뒹구는 옷가지들이 본래 살림꾼이었던 김여인이 그동안 얼마나 남편인 병구형 때문에 정신없이 지냈나 알만 했다. 넋을 잃고 있던 김여인이 나를 보고 뛰어나왔다.

"병구형의 소식을 몰라서 얼마나 걱정이 되세요?"

내가 수화로 뜻을 전하자 김여인은 어흐응 하고 울음을 터뜨렸다. 그리고 한동안 낯을 일그러뜨리며 울다가, 주먹으로 가슴을 텅텅 두드리다가 짐승의 울부짖음처럼 크게 소리 내어 울었다. 눈물이 철철 흘러 금세 얼굴이 눈물로 범벅이 되었다. 남편의 생사를 알 길 없어 애통하는 것을 보자 내 가슴이 바윗덩이에 눌린 듯 답답했다.

김여인이 병구형과 결혼했을 때 부럽기보다는 불같은 질투를 느꼈다. 하지만, 그가 없어진 지금, 그런 얘기들이 다 무슨 소용이 있을까? 눈이 빠지도록 남편을 기다리는 김여인의 심정을 생각하니 가슴이 찢어질 듯 아팠다.

병구형의 실종을 가만히 앉아 보고만 있을 수는 없었다. 꼭 병구형의 생사를 알아내야겠다는 생각뿐이었다.

"너무 염려 마세요. 제가 한번 힘 닿는 데까지 찾아볼 게요."

김여인에게 그렇게 위로를 했다. 선걸음에 다시 덕수형의 포장마차로 갔다.

"형님, 뺑구형을 찾아봐야겠어요. 이대로는 서울로 돌아갈 수 없어요. 무슨 일이든 손에 잡히지 않을 것 같아요."

"동네 사람들이 찾아볼 곳은 다 찾아봤는디 니가 뺑구를 무슨 수로 찾는다네? 직장은 오래 비워두 괜찮냐?"

"노가다 직장 잘려 봤자죠 뭐. 매상은 제가 올려 드릴 게 내일 하루만 시간 좀 내주세요."

나의 제의에 덕수형은 선뜻 허락했다.

다음날, 덕수형과 경찰서에 간 것은 대낮이었다. 담당 경찰관은 컴퓨터의 모니터만 보고 있다가 우리를 흘깃 올려다보았다.

"실종 신고 하러 왔는데요?"

경찰관은 자판기만 연속해서 두드리고 있었다.

"뭐 허는규? 사람 말이 말 같지두 않유? 실종 신고 하러 왔다잖유."

덕수형이 불퉁스레 다그쳤다.

경찰관은 위아래를 훑어보고는 귀찮은 표정을 지었다. 실종된 상황을 건성으로 묻고 형식적으로 기록한 후에 연락을 주겠다고 막연한 대답을 했다.

아무래도 병구형의 행방은 영영 풀리지 않아 나를 지치게 할 것처럼 불안했다. 경찰이 해찰 부리는 것으로 봐서는 이제나 저제나 기다리느라고 내 생활을 아주 잃어버리거나 형편없이 망가질 것만 같았다. 가만히 앉아 기다리고 있을 수도 없는 노릇이었다.

경찰서에서 연락이 온 것은 일주일가량 지나서였다. 병구형으로 보이는 변사체가 남포 방조제에 있는 쓰레기 더미 속에서 나왔다는 거였다.

내가 김여인을 데리고 병원 영안실까지 갔을 때 시체는 너무 부패되어 알아볼 수 없었다. 옷은 본래의 형태나 빛깔은 물론, 얼굴도 전혀 알아볼 수 없이 문드러진 상태였다. 강한 것에 얻어맞은 듯 목뼈가 부러져 있었다. 두상과 골격으로는 병구형이 틀림없으나 나는 인정하고 싶지 않았다. 결국 김여인이 시체의 의치를 보고 병구형임을 확인하고 몸부림을 치며 통곡했다. 나는 병구형이 무슨 잘못을 했기에 이런 객사를 당해야 하는지 참으로 비통했다.

"사고 원인은 뭡니까?"

"익사사곱니다."

경찰의 말에 잠시 그곳을 떠올렸다. 남포 간사지라면 손금 들여다보듯 그곳 지리를 누구보다도 잘 알고 있던 터였다. 그곳은 결코 익사사고가 날만큼 수심이 깊은 곳이 아니었다.

"익사사고요?"

내가 눈을 홉뜨고 경찰을 보며 되물었다.

"그렇습니다. 왜 무엇이 잘못됐나요?"

나를 째려보며 퉁명스럽게 대꾸했다.

"도대체 그곳에 익사할 데가 어디 있어요? 접시 물처럼 얕은 곳이기도 하고, 그 형은 물개처럼 수영을 잘했는데 익사하다니 말이나 돼요?"

내 말에 경찰의 얼굴에 당황한 빛이 어렸다. 나는 쉬지 않고 다그쳤다.

"그리고 익사한 시체가 방조제로 올라간 거요? 날아간 거요? 목뼈가 부러진 것을 보면 이건 누군가 살해하고 그곳에 유기한 것이 분명해요. 도대체 이 사건을 대충 마무리 지으려고 하는 이유가 뭡니까?"

"아니, 이 사람이 어디서 떠들어? 당신이 뭘 알아? 그렇게 잘 알면 당신이 수사해. 타살이면 범인이 누군지 잡아 오란 말이야."

경찰은 삿대질하며 언성을 높였다.

"가만히 앉아서 강 건너 불구경하듯 하는 게 경찰이오? 두고 봐요. 내가 죽는 한이 있어도 내 손으로 범인을 꼭 잡고 말 테니……."

나는 분에 못 이겨 큰소리치며 경찰서를 나왔다. 마을로 돌아와 병구형에 대한 몇 가지 조사를 했다.

"뻥구형이 남포 간사지에 간 날 사고를 당한 것이 사실인가요?"

내가 주변 사람들에게 캐물었다.

"남포 간사지에 간 건 확실혀. 왜냐면 통발 놓고 온 날, 논 임자가 쫓아와서 뻥구형헌티 심하게 욕을 퍼붓구 갔댜. 통발을 걷어 내라구해서 저녁때 나가서는 안 들어왔다느면 그려."

그 말을 듣고 남포 간사지로 갔다. 아무리 둘러보아도 익사 사고의 위험은 없는 곳이었다. 늪의 길이는 길었으나 깊이가 일 미터도 채 안 되었다. 간혹 깊은 곳이라야 성인의 허리도 안 닿았다. 이곳에서 익사라니 얼토당토않는 일이었다.

그전에 병구형과 다니면서 있었던 여러 가지 사고들을 떠올렸다. 냇가에서 물고기를 잡노라면 논 임자는 논둑에 심어 놓은 콩을 밟았거나 논에 들어가서 모를 상하게 했다고 트집을 잡았다. 텃세를 하는 논 임자와 치고받으며 싸우는 일도 종종 있었다. 병구형도 그런 다툼 끝에 사고를 당한 것 같은 생각이 들자 오싹 한기가 들었다.

"뺑구형이 남포 간사지에 간 뒤 사고를 당한 것이니 그쪽에 가서 범인을 찾아보세요."

재수사를 해서 사인을 밝혀 달라고 부탁했지만 소귀에 경 읽기였다. 어눌한 내가 남에게 주장을 편 것도 처음이고 듣기 싫은 소리를 한 것도 처음이었다.

"당신들 말야, 아무리 바빠도 사람이 죽었는데 어느 집 개보다도 못하게 아무렇게나 처리해도 되는 거요? 당신들이 형사요? 이건 분명히 타살이니 어서 범인을 찾으란 말요. 내가 검찰청에 직접 요청할까요?"

이렇게 으름장을 놓았지만 눈도 꿈쩍하지 않았다. 내가 이리저리 나대며 몸달아하자 덕수형이 버럭 화를 냈다.

"야! 돈 없구 빽 없는 서민들이 백날 신고해 봤자 눈이나 떠보는 줄 아네? 이 오지에서 미해결 사건이 한두 건이냐구…… 몇 달 전에 철로변의 변사체두 그렇구, 포장마차 살인 사건두 그렇구 구시에서 일어난 유아 실종 사건두 그렇구 해결된 게 뭐가 있어? 그나마 병구는 시체라두 찾았으니께 다행이라 여기고 헛고생하지 말어."

덕수형의 말처럼 그동안 마을에서는 이런저런 사고가 발생했지만 범인을 잡았다거나 해결되는 게 별로 없었다. 아니, 목숨을 잃고도 영원히 미궁에 빠지고 마는 사건이 많은 걸 알면서도 쉽게 포기가 되지 않았다.

"에이, 개똥같은 새끼들, 근무 태만으로 싹 투드려야 하는데…… 하긴, 지금 경찰이 제대로 된 경찰이고 법이 법 노릇을 제대로 하나요? 좀 도둑질한 아이도 한 일 년 살고 나오고 살인한 놈도 일 년만 살고 나오는 이 법이 진짜 법 맞냐구요?"

내가 분에 못 이겨 불불 대었지만 별수 없었다. 결국 병구형의 사인을 밝히지 못한 채 서울로 돌아왔다. 그리곤 얼마간 죄책감에 시달려야 했다. 어디서건 그와 비슷한 사람만 보아도 병구형인 것 같아 놀라곤 했다.

그날 식당에서 나온 후 배고픈 줄도 모르고 공연히 거리를 방황했다. 담배가 떨어져 주머니 속을 더듬적거리다가 담배 한 갑을 사려고 근처에 있는 편의점으로 가던 중이었다.

앞에서 걸어오던 낯익은 사내에게 내 시선이 머물렀다. 아까 국밥을 먹다가 본 병구형을 빼닮은 그 사내였다.

사내는 이번엔 볼이 통통한 세 살배기 정도의 계집아이를 안고 있었다. 식당 앞에서 구두를 닦던 조금 전의 국방색 작업복 차림이었다. 나는, 병구형을 만난 기쁨에 다시 흥분했다. 나도 모르게 '형, 뺑구형!' 하고 소리쳐 불렀다.

사내는 무표정한 얼굴로 멀뚱히 쳐다보았다. 그때 사내의 팔에 안겨 있던 계집아이가 갑자기 칭얼거렸다.

"오오, 우리 애기 착하지, 울지 마. 빨리 엄마한테 가자 응?"

사내가 아이를 부드러운 목소리로 달랬다. 비로소 정신이 번쩍 났다. 뻥구형이 말을 하다니 기이하고도 혼란스러웠다. 하지만, 사내가 병구형이 아니라는 사실이 더욱 명료해지는 순간 가슴이 철렁 내려앉았다. 주춤거리던 나는 병구형에 대한 견딜 수 없는 그리움과 자괴감에 곧 그 자리에 주저앉을 것만 같았다.

가까스로 정신을 가다듬고 이젠 이 늪 속에서 헤어나야 한다고 생각했다. 병구형에 대한 그리움에서 깨어나려면 망각 저 너머로 빨리 흘러가야 된다고 생각되어졌다. 투명한 황혼 들녘과 텅 빈 하늘에 줄지어 나르는 새떼들이 흘러가 버렸듯이 그를 그리워하는 일이 허망하게 느껴졌다.

"이봐요, 김씨! 왜 밥 먹다가 그냥 나갔어요? 아직 상을 안 치웠으니 다시 들어와 드세요."

어느 결에 보았는지 식당 계집이 새시문 밖으로 목을 빼어 나에게 소리쳤다. 계집의 카랑카랑한 목소리에 비로소 정신이 났다. 나는 못 이기는 체하고 평형을 잃은 걸음걸이로 식당 안으로 도로 걸어 들어갔다. 지나치게 기름기가 많아 엷게 막을 이룬 뚝배기에 다시 수저를 넣으려다 말았다. 계집이 다시 국물을 데워 왔지만 입맛을 낼 수가 없었다. 얼마간 멍하니 앉아 있던 나는 한참만에야 식당 밖으로 나왔다. 어디로 갈까 망설이다가 식당 계집의 전화번호를 눌렀다.

낯선 길목에서

혜지가 잠에서 깨어났을 때 남자는 돌아가고 없었다. 어느 결에 잠들었는지 알 수 없다. 여인숙의 어둠은 아직 밝지 않았다. 답답증에 이불을 발로 차 버려 어깨가 선득선득했다. 바람이 창문을 덜컹거리고 가까이서 자동차가 바람을 가르며 지나는 소리가 들렸다. 목을 죄어 오는 갈증에 머리맡에 놓인 물병을 들어 벌컥벌컥 들이켰다. 허리가 아파서 신음 소리를 내며 뒤척였다. 멘스까지 겹친 아랫도리는 피가 엉겨 뻣뻣하고 칼로 베인 듯이 간간히 따끔거리고 쓰라리다. 속이 게울 듯이 느글거렸다. 어떤 일이 벌어진 걸까? 굳이 떠올리지 않아도 어젯밤의 기억이 생생하다.

대입을 앞두고 정규 수업을 마치고 열 시까지 야간 자율자습을 하느라 도시락을 두 개씩 싸 가지고 다니지만 혜지는 번번이 선생님 눈을 피해 몰래 나와 버렸다. 어제도 수업을 마친 후 도망쳐 나오느라 정문을 피해 옥희와 학교 담을 넘었다. 누가 나좀 깨부셔 줄 사람 없으까? 교복 주머니에 손을 넣고 부랑아처럼 건들거리던 옥희는 정작 분식집에서 나오며 전화 받고 나자 저 혼자 횡~ 가 버렸다.

옥희가 없으니 심심했고 집으로 일찍 들어가기는 더욱 싫었다. 어디로 갈까, 시무룩하게 터덜터덜 걷고 있는데 천천히 뒤따라오던 흰색 승용차가 크락숀을 울렸다. 자주 보는 이웃집 남자였다. 혜지는, 야, 타! 남자의 말이 떨어지기 무섭게 옆 좌석에 훌쩍 타 버렸다. 남자는 애인에게 하듯 피자 먹을래? 떡볶기 먹을래? 하고 다정스레 물었다. 혜지는 다짜고짜로 소주 사 줘요, 했다. 남자는 혜지가 불량한 것과 되바라진 것과 고집쟁이에 문제아라는 것을 알고 있지만 술 사 달라는 말에는 다소 놀라는 기색이었다.

남자는 뚜렷한 직장 없이, 늘 팔짱을 낀 채 주변의 룸살롱, 나이트클럽, 당구장, 다방 주위에서만 어슬렁거리는 건달패 같은 사람이었다. 약삭빠르고 닳고 닳아 지적인 매력이라곤 없는 유부남이지만 포장마차 안에서 보니 새롭고 괜찮은 남자로만 보였다. 남자는 어른 체면을 차리느라 학생이 이러면 안 되지 하면서도 소주잔을 톡 털어 넣는 혜지를 마냥 내버려 두었다. 혜지가 안주 없이 소주를 한 병 다 들이켜도 말없이 지켜만 보는 것이 악의인지 우유부단한 성격인지 분간하기 어려웠다. 일어설 때는 몸을 가눌 수가 없었다.

남자의 부축을 받으며 포장마차에서 나온 것 외에는 기억에 없다. 다만 취중에도 바윗덩이만 한 어떤 물체에 눌려서 이러지 말아요 제발…… 아, 아…… 제발…… 이러지 말아요. 저항하다가 가물가물 정신을 잃었다. 깨어나니 여인숙이었고 남자는 가고 없었다. 혜지는 한 번도 상대가 되리라고는 생각해 본 적이 없는 남자와 함께 잤다는 것이 도무지 믿어지지 않았다. 짝사랑하는 국어 선생님을 유혹해서 여관방에 가는 것을 상상했었는데 이렇게 되다니 허탈했다. 하지만 자신이 몸을 함부로 굴린 것 정도는 잘 알았다.

스스로 저지른 일이니 이웃집 남자를 원망하거나 미워하고 싶은 마음은 털끝도 없었다. 뭔지 모르게 크게 잘못을 저질렀다는 죄책감과 무언가 한꺼번에 다 잃어버린 허전한 느낌이 들었다. 화장실로 가서 패드를 갈고 세수를 하고 아무 일도 없었던 것처럼 말짱한 얼굴로 여인숙을 나왔다.

다음 넷째 시간은 미술 시간이었다. 우두커니 창밖을 내다보던 혜지는 미술 실기 준비를 위해 물감도 빌릴 겸 옥희를 만나려고 옆 반 교실로 갔다.

"어제 어떻게 된 거야? 나두 집에 늦게 들어갔는데 느네 엄마가 찾아 왔었대. 휴대폰도 안 된다고 말야. 어디서 잤어?"

"나중에 얘기할게. 물감 좀 빌려 줘."

막상 옥희의 얼굴을 보니 속을 털어 놓을 수가 없었다.

"너 무슨 일 있지. 무슨 일야? 얘기 좀 해 봐."

옥희가 호들갑을 떨었다. 혜지는 물감을 받아 들고 굳은 표정으로 말없이 돌아섰다.

점심 시간이었다. 여인숙을 나오기 전에 그랬던 것처럼 화장실에서 패드를 갈고 매점에서 빵으로 점심을 때웠다. 아주 느릿느릿한 걸음걸이로 교실로 올라갔다. 교실 문 앞에서 옥희가 기다렸다.

"혜지야, 너희 엄마가 찾아왔어. 등나무 아래서 기다리신대."

혜지는 그제사 어젯밤 집에 들어가지 않은 것과 화나 있을 아버지가 떠올랐다.

교정에 있는 등나무 아래로 갔다. 엄마가 빈 몸으로 서로 꼬여 있는 등나무 둥치 아래 서 있었다.

"어젠 집에 왜 안 들어 왔니? 무슨 일 있는 건 아니지? 아버지가 걱정하신다. 제발 그러지 마아."

엄마는 메마르고 지친 목소리로 애걸하듯 말했다. 차라리 옥희 엄마처럼 이년아, 어디서 잤니, 바른대로 말해. 대학은 갈 거야 말 거야. 머리끄덩이를 잡고 때리는 게 훨씬 나을 걸. 그 정도로 그치는 게 다른 엄마와 다르다. 달라도 많이 다르다. 평소에 싫고 좋고의 감정을 잘 나타내지 않는 것과 어떤 상황에서든 조용조용한 성격이란 걸 알면서도 혜지는 친엄마가 아니기 때문에 자기한테는 냉담하고 무관심하게 대한다고 생각되었다.

"아버지가 밤새 한숨도 못 주무셨어."

"왜요? 아버지가 못 주무신 거랑 저랑 무슨 상관이어욧? 저에게 관심이나 있었나요? 저 하나 없어지면 다 편하잖아요."

혜지는 표독스럽게 내쏘았다. 엄마가 실망스런 눈빛으로 혜지를 바라보았다.

"그만해. 이따 얘기하자. 오늘은 일찍 들어와 알았니? 대답해!"

엄마는 몹시 속상한 얼굴로 혜지를 바라보다가 돌아갔다.

수업을 마치고 집으로 돌아가는 버스에 오르자마자 뒷좌석 가장 구석진 곳에 앉는다. 밤에 술을 마시고 시달린 탓일까? 머리가 띵하고 눈알이 아프고 생리통까지 겹쳐 아랫배와 허리가 뻐근했다. 꽃샘추위에 길가는 사람들이 외투 깃을 세운 채 잔뜩 웅크리고 뛰어가는 모습이 버스 창밖으로 보였다. 눈의 피로나 씻으려고 이마를 앞 의자 시트에 기대어 눈을 감는다. 이웃집 남자의 다정한 얼굴이 자꾸 눈앞에 어른거렸다.

설핏 졸다가 맞은편에서 달려오던 큰 트럭의 갑작스런 경적 소리에 소스라치게 놀라 눈을 떴다. 앞서 가던 차들이 밀리면서 버스가 정차해 있다. 승객들이 버스 창밖으로 고개를 내밀고 두려운 표정을 지었다. 택시와 마주오던 트럭과 충돌하는 끔찍한 사고가 났다고 했다.

아스팔트 도로는 아수라장이었다. 경찰차와 경광등을 켠 구급차의 사이렌 소리와 사람들로 어수선했다. 빨간 승용차는 빈 깡통처럼 구겨져 나뒹굴고 경찰에 의해 승용차 속에서 끌려나온 숏커트 머리에 미니스커트를 입은 여자는 피투성이로 죽은 듯 쓰러져 있다. 경찰관의 손에 부축을 받고 있는 늙수그레한 여자가 사고당한 아가씨를 보고 통곡하며 몸부림쳤다. 갑자기 혜지는, 내가 사고를 당했을 때 목 놓아 울어 줄 사람은 누구일까? 내 주위에도 그럴 만한 사람이 있을까? 사고가 무섭다거나 끔찍하다고 여기기에 앞서 세상에 홀로 서 있는 듯한 느낌을 떨칠 수 없다.

혜지에게 가족들의 눈빛이 아주 어색하고 불편한 무게로 다가온 건 자신의 출생의 비밀을 알고 나서부터다. 물 위에 떠도는 기름처럼 섞이지 못한 것도, 스스로 모래알 비비듯 껄끄러워 한 것도 그때부터였던 것 같다.

그날은 아버지 생신이었다. 온종일 집안에서 철질하는 냄새며 갈비 굽는 냄새가 진동하고 안채에선 손님들의 웃음소리가 그치지 않았다. 친척이라곤 외가 쪽으로만 많고 아버지의 핏줄이라곤 호주로 이민 간 고모 한 분이었으므로 다 모이기도 힘든 날이었다. 언니들보다도 가깝게 지내던 같은 또래의 이종사촌 영주도 끼어 있었다. 가끔씩 집안의 행사 때마다 만나는데도 영주와 혜지는 나이가 같아서인지 잘 어울렸다. 영주는 '느이 엄만 거렁

80 서순희소설집 冰빙도島

뱅이였대.' 라는 말을 자주 했다. 처음엔 그게 무슨 말인가 했다. 어려서 어른들이 흔히 광천 쪽다리 밑에서 주워 왔다느니 어떤 엿장수가 떼어 놓고 갔다느니 장난했던 것처럼 우스갯소리로 넘겼다. 그날 저녁이었다. 아버지는 공항에 마중을 나갔고 잘 시간이 지나 혜숙과 혜영 언니는 건너 방에서 잠이 들었다.

"혜지야. 너도 언니들처럼 가서 자. 고모 오시면 깨워 줄게."

졸고 있던 혜지에게 엄마가 말했지만 그대로 안방에서 깜박 잠이 들었다. 고모가 오는 것도 몰랐는데 꿈결처럼 귓가를 스치는 대화 내용을 저도 모르게 듣고 말았다.

"이 애가 그 애여? 혜지라고 했지?"

"예. 맞아요."

"나머지 친척들은 아주 연락이 없고?…… 차라리 사내애였으면 좋았을 걸 그랬어…… 기집애 하나 더 보태서 키우느라 그 고생할 거면 말야."

"누님은 참. 외국 생활 오래하시면서 아직도 아들 선호사상에 젖어 계세요? 딸이면 어때요?"

슬며시 실눈을 뜨고 보았을 때 아버지는 허허 웃고 있었지만 엄마의 황황해 하던 모습과 혜지를 바라보는 고모의 차가운 눈빛은 낯설기만 했다. 그날 이후로 고모의 이 애가 그 애냐고 묻던 말이 두고두고 혜지의 가슴에서 수백 조각으로 나뉘어 꿈틀거렸다. 그 말이 머릿속에서 맴돌아 거의 책상 앞에 건성으로 앉아 있었다. 부정하고 싶지만 외톨박이라는 고립감이 컸다. 딱히 뭐라고 꼬집어 말할 순 없지만, 방학 때라든가, 집안의 무슨 행사에 친척집에 가면 언니들처럼 자연스럽게 휩쓸리지 못하고 스스로 빙빙 돌리던 일과 영주의 말도 떠올랐다. 손님이 오면 자신을 두고 무슨 비밀스런 이야기를 수군거리지 않나 귀를 쫑긋 세웠다.

혜영 언니와는 6개월밖에 차이가 나지 않는 까닭도, 가족들의 둥글넓적한 얼굴형과 혜지의 갸름한 얼굴형이 전혀 닮지 않은 것도, 친자매가 아니었기 때문이란 걸 나중에서야 깨닫게 된 것이다.

버스는 여전히 꼼짝 않고 서 있었다.

"네엔장, 교통순경은 뭐 허구 있어? 이거 해두 너무 허는구먼."

"내려서 걸어갈 수도 없고 나 참."

우왕좌왕하는 버스 승객들의 푸념소리 때문에 눈을 붙일 수가 없다. 피곤함과 몸을 휘감아 오는 잡념에 마음이 어지럽다. 무심코 창밖을 내다보던 혜지는, 흠칫 놀라 넋 나간 사람처럼 창밖을 내다보았다. 기우뚱거리며 큰길 쪽으로 걸어가는 걸레조각 같은 남루한 옷을 걸친 여자의 뒷모습에 눈길이 닿았다. 불쏘시개 같은 머리와, 생전 벗고 갈아입지 않은, 닳고 헤진 옷을 보아 거지였다. 시들은 과일, 핫도그, 군고구마 몇 개가 담긴 채속이 비치는 비닐봉지가 팔뚝에서 대롱거린다. 어쩌면 나의 어머니도 저런 모습이었을까? 망각의 비밀 속에 깊이 묻혀 영원히 만날 수 없는 생모에 대한 생각에 가이없는 한숨을 내쉰다. 혜지에게 생모는 걷어낼 수 없는 슬픔의 더께였다.

거지는 이미 저만치 사라져 보이지 않는다. 잡념을 떨쳐 버리려고 책가방 안에서 이어폰을 꺼내어 볼륨을 높이다가 이내 꺼 버렸다. 마음을 가라앉히려고 듣는 음악은 언제나 가슴속의 감정들을 더욱 부채질할 뿐이다.

거지의 딸이란 출생에 대한 비밀을 열어 준 건 생모를 잘 아는 이웃 아주머니였다. 새삼 그때 들은 이야기가 영화 화면처럼 머릿속에 떠오른다.

제재소 부부는, 손님을 초청하여 음식을 대접하는 것을 큰 즐거움으로 여겼는데 복지단체나 관공서 사람들 외에도 일주일에 한 번 꼴로 찾아오는 사는 곳이 일정하지 않은 거지도 그 손님 가운데 하나였다. 그처럼 괴이한 거지는 아직 보지 못했다고 했다. 웃을 때마다 제 자리를 잃고 치켜 올라가던 입과 들쭉날쭉 제멋대로 불거져 꼬여 있는 이빨, 찌그러진 눈, 뼈만 앙상한 손은 말라비틀어진 무말랭이 같은 지적 장애를 가진 여자였다. 고무신도 제대로 꿰기 어렵게 발이 뒤틀려 있고 몸뻬 위에 입은 저고리 위로 말라붙은 젖가슴이나 까까머리 때문에 얼핏 보면 남자 같기도 했다.

반벙어리에 나이조차 가늠키 어려운 거지를 모두 싫어했지만 구걸하러 오는 날이 거의 일정하고 또 인상이 남달라서 쉽게 낯이 익은 거지였다. 제재소 안주인은 어김없이 찾아오면 옷이나 음식 따위를 차려 주곤 했다. 어느 겨울 날, 거지가 나이론으로 된 하늘색 빛 여름 한복 치마를 입고 왔다. 속에 무슨 물건이라도 잔뜩 감춘 사람처럼 둘둘 말고 왔다는 표현이 옳을 것이다.

"한겨울에 무슨 나이론 치마예요 이걸로 갈아입으세요 쯧쯧."

안주인은 안타까워하며 치마를 벗기려고 하자 거지는 살기까지 등등한 채 노려보았다. 그 일이 있고 나서 거지는 제재소에 다시는 나타나지 않았다. 헌 옷가지를 보자기에 싸서 창고에 넣어 두었다가 이리 굴리고 저리 굴린 지 몇 개월이 지난 어느 날이었다. 그날은, 제재소 부부가 자동차의 냉각수가 떨어져서 물 한 바가지 얻을 양으로 어느 낯선 집을 두드렸다. 집이라기보다는 거적때기와 판자 조각과 스티로폼 박스로 만든, 움막이었다. 부르는 소리에 얼굴을 내민 건 다름 아닌 제재소에 자주 들락거리던 거지였다. 그러잖아도 차 사고를 당했거나 아이들의 돌팔매라도 맞아 앓아 누운 건 아닌가 하고 걱정해 오던 터라 그저 반갑기만 한 제재소 부부였다. 못 알아볼 만큼 퉁퉁 부어 있는 얼굴과 까치둥지 같은 머리가 병색이 짙어 보였다. 안타까운 마음에 움막 안으로 들어갔던 부부는 깜짝 놀랐다.

그녀가 입고 왔던 바로 그 하늘색 나이론 치마 속에서 갓난아기가 두 주먹을 입에 대고 오물오물 움직였다. 낳은 지 얼마 안 되는지 피딱지와 실핏줄이 아른아른 내비치는 아기는, 무슨 짐승의 새끼처럼 볼과 팔뚝에 보송보송 털이 많았지만 건강했다. 부부는, 소나무 껍질처럼 바싹 말라 비틀어진 그 몸에 건강한 아기를 담고 있었다는 사실이 신기로웠다.

남자의 욕망은 그리도 물불이 가려지지 않는 걸까? 중복장애가 있는 남루하고 찌그러진 거지를 범한 남자가 누군지 의문이었지만 굳이 알려고도 하지 않았고, 알 수도 없는 일이었다. 다만 근처에 사는 불량배나 정신병자의 소행으로만 미뤄 짐작했다. 부부는 거동이 불편한 거지와 갓난아기를 제재소 울안에 있는 빈 방에 데려다 놓고 돌보는 데 정성을 아끼지 않았다. 산모에게 좋은 음식과 우유를 번갈아 사 날랐다. 그러나 거지는 산독으로 고통스러워하다가 스무날 만에 말없이 세상을 떠나고 말았다. 부부는 제재소에서 일하는 경비원에게 돈을 후하게 주고 화장을 부탁했다.

아무 망설임 없이 거지의 아기를 집으로 데려왔다. 호적에 올려 친자식처럼 온 정성을 쏟아 키운 아기가 바로 혜지였다. 부부는, 시간이 흘러 혜지의 나이가 들수록 불안한 마음이 없었던 것은 아니었다. 혜지의 출생의 비밀이 영원히 미궁 속에 묻힐 수 있으리라는 기대도 하지 않았다. 흔히 주위에서도 데려다 키운 아이는 누가 이야기를 해 줘서 알든지 본인이 스스로 알게 되어 아이가 비뚤어진 성격으로 엇나가는 걸 듣고 보아 온 터였다. 혜지를 생각하면 살얼음판 위에 서 있는 것처럼 늘 불안하고 조심스러웠던 것이다.

혜지를 위해서 좋은 신랑감 만나 짝지을 때까지만이라도 아무 일 없기를 바랐을 뿐이다. 하지만, 혜지는 잔꾀가 많고 말썽장이였다. 언제고 계산된 아부와 지나친 교태를 부리는 유별난 아이였다. 나이에 비해 조숙하고 고집쟁이에 어른을 흉내 내서 곧잘 주위 사람들의 눈살을 찌푸리게 했다. 부부는 살갑고 싹싹하고 붙임성이 있는 혜숙, 혜영과 늘 비교되어 나무라기도 하고 달래기도 했다. 그런데도 혜지는, 부모님이 친자식이 아니어서 언니들과 편애한다고만 생각해 내뱉는 말투마다 반항적이고 퉁명스러웠다. 혜지야 부르면 예하고 대답한 적이 별로 없었다. 그래도 부부는, 다 자라서 철이 들면 달라질 것이라고 그동안은 늘 묵묵히 눈빛으로만 타일러 왔을 뿐이었다.

겨우 사고 현장이 정리되어 버스는 속력을 세게 냈다. 집 앞 버스 정류장까지는 아직도 멀었다. 버스가 휘달릴 때마다 창으로 들어온 찬바람에 머리칼이 부수수 일어났다. 차창 너머로 보이는 길가의 낡은 슬레이트 지붕이며 전봇대들이 떠밀려간다. 갑자기 아래 위 철창에 닭을 빼곡히 실은 닭장차가 버스 앞으로 끼어들었다. 혜지는 자신이 닭장에 실린 닭처럼 답답하게 여겨졌다. 닭차가 모퉁이를 돌때 철창에 들이받아 닭들이 일제히 푸드덕거렸다. 하얀 닭털이 억새꽃처럼 날렸다. 닭 차는 샛길로 빠지고 눈 앞에 넓은 아스팔트가 펼쳐졌다. 승용차들이 제각기 불을 켜고 줄을 이어 달리고 있다.

아침에 여인숙에서처럼 위 속의 것들이 뱃멀미를 하는 것처럼 혜지의 속이 울렁거렸다. 늘 학교를 마치고 집으로 돌아가는 버스 속에서는 미래를 그려 보며 들뜨곤 했었는데 뚜렷한 이유도 없이 미래를 짐작해 볼 수도, 꿈꾸어 볼 수도 없이 캄캄한 절망 뿐이었다. 그런 가운데도 문득 이웃집 남자가 그리운 건 왜인지 몰랐다.

"혜지 이리와 봐. 어디서 배운 버릇이야. 전화 한 통 없이 어디서 잤어? 넌 고3이야. 대학은 안 갈 거야? 통 하라는 공부는 않고 도대체 왜 그러니. 너 때문에 온 식구가 얼마나 힘든 줄 아니? 말을 하면 엔간히 알아들어야지."

"전 이 집이 답답해서 싫어요. 나가서 살 거예요. 어쨌든 아버지와 전 남남 아니에요? 저 하나 없으면 식구들이 다 행복할 텐데 뭘 그러세요? 제 멋대로 살게 이젠 내버려 두세요."

혜지는 아버지를 똑바로 쳐다보며 쏘아붙였다.

"뭐? 뭐이라구? 그럼 지금 당장 나가. 너 같은 자식 필요 없어. 나가서 죽든지 말든지 니 마음대로 해."

아버지는, 조금치도 반성하는 빛이 없는 바락바락 대드는 혜지 행동을 심하게 나무랐다. 집을 나가겠다는 말에 화를 삭이지 못해 낭장 나가라고 책가방을 마당으로 내동댕이쳤다. 아버지가 그렇게 화를 내는 모습은 처음 보았다. 혜지는 오히려 아무려면 어때, 난 다방에 취직해서 몸을 팔고 돈을 벌 거야. 차라리 잘됐지 뭐 하고 중얼거렸다. 이젠 시험도 보지 않고 선생님 눈치도 보지 않고 학교도 가지 않는 새처럼 어디든지 훨훨 날아가서 자유롭게 살 거라고 결심했다.

혜지는, 정든 학교를 그만둔다는 아쉬움도 아무런 고민도 없이 가출해 버렸다.

집을 나와 제일 먼저 찾아간 것은 이웃집 남자였다. 그에게 소개받은 곳은, 면 소재지의 항구에 있는 허름한 다방이었다. 항구 한쪽에 횟집과 농협과 몇 군데의 중국 음식점과 노래방과 다방이 두어 군데 있는, 대전에 비하면 손바닥만 하게 좁은 곳이었다. 차가 지나갈 때마다 황토물도 아니고 똥물도 아닌, 더러운 물이 다방 문에 철썩철썩 튕겼다. 횟집의 수족관은 장사가 안 되어 썩은 물만 그득했고 집집마다 키조개 껍데기의 잔해로 퀴퀴한 냄새가 나고 네온 외에 외등 하나 변변치 않아서 무덤 속 같은 동네였다.

횟집 중엔 강제미회 때문에 주말이면 서울에서 온 손님으로 반짝 들끓는 집도 있었지만 대부분은 파리가 날렸다. '수' 다방 역시 그랬다. 그동안 다방 여주인은 남편이 뱃일을 나가면 여가

삼아 종업원도 없이 혼자 장사했던 곳이었다. 간혹 아침저녁으로 선원들이 뱃일을 나가기 전이나 끝낸 후에 잠깐씩 들릴 뿐 평소엔 발길조차 뜸했다.

신경질적인 여주인이 시키는 대로 설거지를 하고 손님을 맞이하는 것이 혜지의 일이었다. 그 밖에도 도박꾼들이 모인 가정집이나 여관이나 술집에 커피 배달을 가기도 했다.

혜지는 오전 내내 다방 바닥을 쓸고 마대 걸레로 닦고 세면대를 닦았다. 팔이 아파 의자에 앉아 쉰다. 다방 앞엔 몇 벌 안 되는 투피스와 티셔츠, 바지, 블라우스를 파는 조악한 숙녀복 가게였다. 눈길이 마네킹이 쓰고 있는 앙증맞은 크림색 모자에 멎는다. 엄마가 사준 모자와 비슷한 모양이라 한참을 바라본다.

어느 날 혜영 언니가 아끼는 모자를 몰래 훔쳐 쓰고 다니다가 하수구에 놓쳐서 못쓰게 만들었다. 언니는 몹시 화를 냈고 혜지는 사납게 언니의 얼굴을 손톱으로 할퀴어 상처를 내고 말았다. 서로 머리끄덩이를 잡고 쌈닭처럼 싸우는 걸 엄마에게 들켜서 둘 다 빗자루로 등짝을 호되게 얻어맞은 기억이 난다. 엄마는, 그 다음날, 시장 골목골목을 누벼서 리본이 너풀 대는 크림색 모자를 혜영이와 혜지에게 사 주었다. '우리 혜지는 날씬하고 예뻐서 모자가 혜영이 보다 더 잘 어울리는구나.' 기뻐하며 흐뭇한 눈으로 바라보았다.

출생의 비밀을 알고 나서 날로 우울해져만 가는 혜지를 근심

어린 눈으로 바라보던 엄마였다. 어느 날, 엄마가 혜지의 손을 잡고 말했다. '니가 결혼 전까지는 니 과거를 숨기고 싶었는데 알아 버렸구나. 하지만 넌 누가 뭐라고 해도 내 딸이야. 한 번도 언니들과 널 구분지어 생각해 본 적이 없어. 낳은 정보다 기른 정이 크단다. 마음 쓰지 말고 공부 열심히 해서 훌륭한 사람이 되거라.' 엄마의 애틋한 목소리가 귓전에서 맴돌면서 눈에 눈물이 핑 돈다.

해마다 이혼과 미혼모의 사생아로 수십 만 명의 어린 아이들이 함부로 버려지는데 엄마는 자신을 애지중지 키웠다. 그렇게 안 했으면 거지가 되었던지, 이 세상에 살아남지 못했을 것이다. 십 팔 년 동안 자신을 곱게 키워 준 보답이 겨우 그것이었을까? 생각해 보면 엉덩이에 뿔난 못된 송아지 한 마리를 키워 놓았던 거였다. 혜지는, 자신이 천하에 둘도 없이 배은망덕한 인간이란 생각이 들자 가슴이 찢어질 듯 아파왔다.

자신을 키워 준 부모야말로 불의의 사고에도 진심으로 가슴 아파하고 목 놓아 울어 줄 사람일 텐데 왜 그걸 진작 깨닫지 못했을까. 엄마를 향한, 일찍 가져 보지 못한, 존경심과 경외감이 들었다. 엄마에 대한 진한 그리움에 눈물이 발등 위로 뚝뚝 떨어졌다. 이젠 아무리 그리워해도 집으로 돌아갈 수도 없고 돌아간다 해도 부모님의 따뜻한 시선은 쉽게 되돌아오지 않을 것만 같다.

혜지는, 배달 찻잔 보따리를 든 채 몇 척의 배가 드문드문 떠 있는 항구를 따라 걸었다. 비 끝이라 바닷물 빛은 한껏 푸르고 맑아 보였다. 방파제를 따라 걷는 동안 깊이를 알 수 없는 물속으로 가뭇없이 휩쓸릴 것 같은 현기증이 일어 발을 멈췄다. 혜지가 배달간 곳은 즐비하게 늘어선 횟집을 지나 골목 안쪽에 있는 허름한 중개인 사무실이었다. 사무실엔 오십이 넘는 중년 사내 둘이서 화투를 치고 있었다. 혜지는, 보자기에서 찻잔을 꺼내어 차를 따랐다. 라면처럼 오글오글하게 지진 머리와 짙은 화장으로 가렸지만 귀밑에 솜털이 보송보송 돋은 앳된 얼굴을 사내가 짯짯이 훑어보다가,

"뭔양여?"

대번에 허튼 소리로 추근거렸다.

"성은 없구요…… 그냥 정아라고 해요."

"무어? 성이 읎으면 너는 에미애비두 읎겄다?"

"네?"

"나 참…… 너 초등핵교라두 제대루 댕겼냐? 댕기라는 핵교는 안 댕기구 찻잔을 들구 댕기면 워쩍혀? 차암 느이 부모님두 속 꽤나 썩었겄다. 너 혹시 미성년자 아니네?"

"아니어요…… 저 스무 살이에요!"

"스무 살이 뭐여 이 년아…… 열 살두 안 보이는다……."

"아휴 심하다 진짜…… 이름이 있는데 왜 이년 저년 하세요? 정아라구 했잖아요……."

"인물반반헌 지지배들은 다방으로 죄 다 뙨다니께…… 넌 화투 배우지 말어 늬들 시간 있으면 화투만 친다매? …… 나두 그 눔으 손장난 때미 여태 돈을 못 뫘다. 월급 탄 것 한 자리서 몽땅 날리구, 따면 또 따는 대로 우선 야리야리헌 여자부터 안구 싶구…… 시간만 있으면 누구 돈 따먹을 거 읎나 궁리허능 겨. 하도 노름했싸니께 마누라가 나가서 감감무소식인디두 징징 짜면서두 그 짓거리 했다니께. 애들 크기 시작허구부터 노름하는 버릇 고쳐지대……."

사내는, 헛소린지 충고인지 잔사설을 늘어놓았다. 거기까진 괜찮았다. 청바지에 하얀 티를 입은 혜지를 힐긋 바라보던 사내가,

"웬 바지냐? 바지 입구 올라면 배달 오지 맛."

퉁명을 부렸다. 그러잖아도 배달 올 때마다 커피 보따리 끄르기도 전에 썩은 내 펑펑 풍기면서 허벅지를 더듬고 겨드랑이에 손 넣곤 해서 입고 있던 치마를 벗고 바지로 갈아입고 나왔던 것이다.

혜지는 속으로 사내들은 늙으나 젊으나 하나같이 이럴까 남자라면 넌더리가 났다. 아, 징그러. 혜지는, 저도 모르게 진저리를 쳤다. 생전 들어 보지 못한 음담패설과 거칠기 짝이 없는 사내들 앞에서 몸서리가 났다. 집안에서만 곱게 자라 아무것도 몰랐고, 이제사 세상에 대해 당황한 것이다. 혜지는, 하루에도 몇 번씩 커피 보따리를 내팽개치고 도망가 버릴까 생각했다. 다음 배달할

집을 대기하고 있던 주인 여자가 휴대폰 벨을 두어 번 울려 재촉하는 신호를 보냈다. 혜지는, 재빨리 커피 잔과 보온병을 챙겨 보자기에 쌌다.

커피 보따리를 들고 중개인 사무실을 나오자 햇빛이 눈을 찔렀다. 힘없이 걸어가려니 갑자기 학교에 있을 친구들과 엄마가 목마르게 그리웠다. 눈시울을 훔치며 비틀걸음으로 앞만 보고 걸었다. 한결같이 낡은 간판이 붙어 있고 썩은 물이 담긴 수족관과 미용실과 칼국수 집을 지나 다방이 보이는 골목으로 꺾었다. '수 다방'이라고 쓴 썬팅지가 군데군데 벗겨진 문짝은, 언제 보아도 태풍에 휩쓸린 폐가처럼 을씨년스러웠다. 혜지는 다방에 들어가려니 온갖 치욕과 쓸쓸함과 노여움에 지옥처럼 여겨졌다.

갑자기 새의 다리처럼 비쩍 마른 다리가 후들거렸다. 갑자기 눈앞에 하얀 납 가루 같은 것이 선뜻선뜻 내려앉았다. 기력이 없는 탓일까? 몇 가지 안 되는 속옷을 빨다가도, 화장실에 앉아 용변을 보며 힘만 주어도 어찔어찔하고, 헛것이 보일 때와 똑같은 현상이었다. 어제처럼 손바닥을 펴 보았지만 아무것도 없었다.

집을 나온 뒤 스트레스와 무리한 다이어트로 굶기를 밥 먹듯 한 탓에 영양실조였다. 혜지는 도로변의 풍경들이 구겨져 보이는 어지러움증에 다방 시멘트벽에 기대어 몸을 가누었다. 어디건 눕고만 싶다. 다방 안쪽의 뒤칸에 덧달린 좁은 방은 혜지가 묵고 있는 방이지만 여주인의 눈치가 보여 마음대로 쉴 수도 없었다.

그러고 보니 이곳은, 몸 하나 누일 수 없는 자갈투성이의 낯설고 삭막한, 한 번도 와 본 적 없는 황량한 들판일 뿐이었다. 아니, 스스로 교복을 벗어 버린 지금이야말로 누구에게도 보호받을 수 없이 낯선 길목에 홀로 버려져 있을 뿐이었다. 새삼 깨끗하고 따뜻했던 집과 학교가 못 견디게 그리웠다. 하지만 집으로 돌아가기엔 너무 멀리 왔다.

얼핏 도로변에 아버지의 차와 비슷한 검정 승용차가 눈에 띄었다. 참 같은 차도 많구나 생각할 즈음, 혜지야, 다급하게 부르는 소리가 들렸다.

"혜지야, 어디가 아프니?"

혜지는 너무 놀라서 하마터면 찻잔과 보온병이 담긴 보따리를 떨어뜨릴 뻔했다. 엄마가 승용차 운전석에서 나와 거짓말처럼 거기에 서 있었다.

"이제 집에 가자. 아버지가 많이 편찮으시다. 아버지는 너 나간 후로 충격 받으셔서 병원에 입원하셨어."

엄마가 다가와 와락 껴안았다. 등을 토닥거리는 엄마의 손길을 느끼는 순간 눈물이 왈칵 쏟아졌다. 고개를 꺾고 소리 없이 우는 혜지의 눈에, 전에는 통통했던 엄마의 마른 다리가 잿빛 주름치마와 함께 바람에 휘청거렸다.

서순희소설집 冰 빙도
島

박씨의 여자

1

　수업을 마치고 강의실을 나왔을 때는 늦은 오후였다. 대학 내에 있는 병원에서 윤자가 내시경 검진 받는 동안 힘들어하는 과정을 지켜본 건 이 주일 전이었다. 그 결과를 보기 위해 병원 건물 쪽으로 내려가는 루나의 발걸음이 몹시 무거웠다. 병원 잔디밭에서 휠체어를 끄는 사람, 벤치에 앉아 환자복을 입고 담소하고 있는 사람들 위로 봄볕이 화사하게 내리쬐고 있었다.

　의사는 등을 돌린 채 CT 촬영지 앞에 서 있다가 대뜸, 보호자세요? 라고 던졌다. 보호자가 앳된 여대생이라는 사실 때문에 당황한 의사의 얼굴이 잠시 찌푸려졌다. 루나가 먼저 입을 열었다.

　"환자인 김 윤자씨는 저의 어머니세요⋯⋯ 아버지가 출장 중이라서⋯⋯."

"그래요? …… 악성종양입니다."

순간, 부언가로 머리를 한대 후려 맞은 것처럼 번개 같은 빛이 스치더니 눈앞이 캄캄했다. 의사가 무슨 말을 했지만 귀에 들어오지 않았다. 다만 진료실을 뛰쳐나와 복도에 멍하니 서 있었다. 한참동안 흐느껴 울다가 수습하고 다시 들어갔다. 의사에게 종양에 대해서 자세히 묻고 어떻게 치료를 해야 낫겠느냐고 물었다.

의사는, 양성이면 제거한 뒤 방사선 치료를 해야 하고 항암제를 투여해도 별 문제가 없는데 말기라서 수술은 못 한다고 했다. 삼 개월 밖에 못산다는 말과 함께…… 병원을 나왔지만 다리가 휘청거려 길을 잃은 사람처럼 허둥댔다. 어쨌든 매주 두 번씩 있는 아르바이트를 가려면 건너편에서 버스를 타야 했다.

지하도 입구에서 잠시 서성이다가 우선 눈에 보이는 대로 공중전화 부스로 가서 소희의 부모님께 전화를 했다.

"저, 박 루나예요. 저희 엄마가 편찮으셔서 오늘은 소희 과외 수업은 못 가겠어요. 죄송합니다."

집으로 돌아가려 해도 쉴 새 없이 흐르는 눈물 때문에 어디 가서든 마음을 가라앉혀야 했다. 발길을 옆에 있는 공원으로 돌렸다. 둘씩 셋씩 짝지은 연인들과 어린 아이를 낀 가족들이 걷고 있는 모습이 모두 평화로워 보였다. 자신만이 행복한 대열에서 밀려난 것 같았다.

루나의 엄마인 윤자 나이 이제 겨우 마흔셋이다. 젊은 날부터 제재소를 하던 박씨를 도와 모든 궂은일을 하며 살림을 이뤘다. 가족들을 위해 평생 쾌적한 잠자리와 영양이 풍부한 음식을 해다 바치고 공장 식구들까지 고스란히 윤자의 몫이었다. 외출도 하지 않았고, 술을 마시지도 화투장을 만지지도 않던 윤자였다.

어느 날 루나의 아버지인 박씨가 몰래 딴살림을 차린 것을 알게 된 후부터 윤자는 시름시름 앓기 시작해서 병원 출입이 잦았다. 지수가 낳은 민영을 키우면서 집안은 이런저런 갈등과 불화가 끊이질 않았다. 그 스트레스로 이렇게 된 건 아닐까 생각하자 아버지 박씨에 대한 분노가 솟구쳤다.

공원 벤치에 넋을 놓고 앉아 있다가 집으로 돌아오는 버스에 몸을 실었을 때는 가로등이 켜지고 있었다. 골목에 이르자, 집과 나란히 붙어 있는 제재소는, 불이 꺼져 있고 시끄러운 기계 소리가 멈추어 적막했다. 열려진 대문 사이로 희미한 불빛에 드러난 화단이 보였다. 꽃이 진 회초리 같은 개나리 줄기는 을씨년스러웠다. 곧 여름이 오면 붉은 줄 장미가 담장을 장식할 것이고 분꽃과 사루비아가 피었다 질 것이다. 윤자는 암세포가 전신에 퍼져 가는 것도 모르고 꽃을 가꾸었을 것이다. 대문 소리에 윤자가 현관문을 열고 내다보았다.

"일찍 오는 걸 보니 오늘은 소희네로 아르바이트를 안 간 모양이구나? 그런데 안 좋은 일 있었니? 안색이 왜 그래?"

윤자가 여위고 핏기 없는 얼굴로 현관문 앞에 서서 한꺼번에 물었다. 윤자의 얼굴은, 자세히 보지 않아도 흔히 환자에게서 볼수 있는 윤기 없고 푸석푸석하고 탄력 없는 누런빛이었다. 몸피는 마른 나뭇가지처럼 앙상하고 허리는 빼짝 말라 곧 부러질 것같았다. 그동안 하찮은 동작 하나하나에도 어둡고 기운 없어보였던 이유가 암 때문이라고 생각되자 루나의 가슴이 찢어지듯아팠다.

의사의 말대로라면 윤자를 볼 수 있는 시간은 고작 석 달인것이다. 꼭 윤자의 주위에 죽음의 어두운 그림자가 사위스럽게어려 있는 것만 같았다.

"내 약은 타 왔니? 병원에서 뭐라고 하는 말 없었어?"

"엄마, 위궤양인데 치료하면 낫는대."

루나는, 되도록 윤자의 눈길을 피하면서 좀 더 과장해서 큰소리로 말했다.

"밥 먹어야 하는데 반찬이 없어 어떡하니?"

윤자가 반찬 걱정을 하며 냉장고문을 열며 여짓여짓했다.

"학교에서 군것질해서 밥 생각 없어 엄마."

눈도 주지 않고 고개를 돌린 채 빠르게 말했다. 씻고 좀 누워야겠어. 감기 기운인지 머리가 많이 아파, 피곤한척 엄살을 떨며자신의 방으로 들어왔다. 가방만 던져 놓고 옷도 벗지 않은 채침대에 엎드렸다. 목구멍 밖으로 슬픔의 덩어리가 꾸역꾸역 기어올랐다. 루나는 울음을 꿀꺽꿀꺽 삼켰다.

다음날. 출장을 갔던 아버지 박씨가 돌아왔다. 루나에게 윤자가 위암 말기라는 소리를 듣고 박씨의 얼굴 근육이 몹시 떨렸다. 허허로운 눈길로 창밖을 바라보곤 내내 말이 없었다. 문을 잠그고 불 꺼진 방안에서 꺼칠하고 초췌한 모습으로 나온 건 이튿날이었다. 그날부터 박씨는 바깥세상과 담을 쌓은 것처럼 윤자 곁에만 붙어 있었다. 이것저것 잔심부름을 하고 약을 챙기고 방안을 쓸고 닦고 윤자의 주변을 보살펴 주었다.

병들면 가깝던 사람들도 귀찮은 존재로 여기는데 다른 여자들에게 품을 내어 주던 박씨가 아픈 윤자 곁에서 조근조근 얘기도 하고 약을 챙겨 주는 모습은 너무나 뜻밖이었다. 루나에겐 아버지 박씨의 그런 살가운 모습이 오히려 낯설었다. 세상에 대한 기대치를 버린 윤자는, 오직 박씨가 곁을 지켜 준다는 이유만으로 평안해 보였다.

2

현관에 켜진 전등에 하루살이와 나방들이 모여들고 있었다. 창문에서 흘러나온 희미한 불빛에 휩싸인 화단과 집안 곳곳에 슬픔과 주검의 그림자가 유령처럼 떠도는 것 같았다.

인간은 누구나 모두 늙고 병드는 존재였다. 누구나 피해 갈 수 없는. 그러나, 점점 저 세상으로 스며들어 가는 윤자를 보고도 속수무책인 것이 루나는 가슴이 아팠다. 아무리 안타까워해도, 돌아가시면 안 된다고 살려 달라고 신께 기도해도 윤자는 하루가 다르게 나무 등걸처럼 말라 갔다. 사람의 최후가 어떻게 오는지 피골이 상접한 윤자를 보는 것이 괴롭고 슬펐다.

화단 앞에 앉아 울고 있는데 중학생인 여동생이 현관에서 나오면서 루나를 다급하게 불렀다.

"언니, 엄마 얼굴이 꼭 해골 같아. 시커먼 옷을 입은 악마가 엄마를 어디론가 질질 끌고 가는 꿈을 꿨어. 그러더니 어둠 속으로 아주 사라져 버렸어. 무서워서 오늘은 언니 방에서 자야겠어."

잽싸게 침대 시트 속에 숨는 동생은 아주 두려움에 찬 눈빛이었다.

실은 루나도 윤자 방 앞을 지날 때도 고개를 돌리고 무엇에 쫓기듯이 지나오곤 했다. 윤자가 이 세상을 떠날 일이 얼마 남지 않아서 아주 정을 떼나 보구나 생각했다.

윤자는, 의사의 선고대로 앓아 누운 지 삼 개월 가까이 되는 날 발작을 일으키듯 숨가빠했다.

"내가 가면, 애들은 어떡해요. 애들은…… 미안해요. 먼저 갈게요…… 민영 어미인 지수 씨 데려다 살아요."

윤자가 끊어질 듯 말 듯 목안엣 소리로 박씨에게 말했다. 지수라니…… 윤자의 입에서 나온 지수란 말에 루나는 고개를 갸웃했다. 민영을 떼어 놓고 간 후 한 번도 꺼낸 적이 없던, 지수를 임종 직전에 꺼내는 걸 이해 할 수 없었다.

"미안해…… 이 세상에 당신같이 착하고 좋은 여자가 어디 있 겠어. 편히 잘 가 아이들은 걱정 말고……."

윤자를 부둥켜안고 오열하는 박씨는, 제재소 사장이라는 허 세와 가장이라는 위엄을 버린 것처럼 보였다. 루나는, 박씨가 윤 자의 가슴에 대못을 박았다고 생각하자 그 울음도 어딘지 가짜 같았고 너무나 나약하고 비굴해 보였다.

루나는, 윤자의 손을 가만히 잡아 얼굴에 대 보았다. 이제 막 숨을 거둔 윤자의 손은 따듯했다. 그러나 점점 종아리도 무릎 도 허벅지도 허리까지 싸늘해지다가 심장, 그리고 손까지 차갑게 식어 버렸다.

루나는 동생들과 사막에 홀로 버려진 고아처럼 생각되었다. 영 화 속에서 본 장면처럼 박씨의 바지에 매달려 과장스럽게 몸부림 하면서 울부짖었다. 그래서 모여 선 이웃 사람들에게 더 슬프게 보이고 박씨의 지난날의 외도가 잘못 되었다는 것을 세상에 낱 낱이 까발리고 싶었다.

3

윤자의 장례를 치르는 동안 지치도록 울었지만 다시 일상으로 돌아갔다. 말없이 밥을 먹고 학교에 가고 음악을 듣고 편히 잠 이 오는 것도 이해되지 않았다.

아르바이트를 가기 위해 수업을 마치고 버스를 탔다. 루나가 초등학생인 소희에게 피아노 레슨을 하기 시작한 것은 일 년 전 부터였다. 학년이 올라가고부터 피아노 외에 숙제를 돌봐 주는 가정교사로 변했지만 보수도 괜찮고 그의 식구들과는 가족처럼 지냈다. 무엇보다 소희가 잘 따르고 그의 부모님이 루나를 마음에 들어 했다.

버스 안의 라디오에서는 피아노 선율이 절규하듯 흐르고 있었다. 윤자가 죽고 난 후부터 허망함 때문에 피아노 선율은 물론, 가요 한 곡도 슬프게 들렸다. 소희네로 가는 길은, 숲의 터널이었고 창밖의 정경들을 바라보는 것이 큰 즐거움이었는데 죽은 윤자를 생각하면 가슴이 저려 왔다. 그날도 버스 안에서 울지 않으려고 고개를 젓는 동안 소희네 집 앞에 닿았다.

집안으로 들어가자 그 시간엔 포목점을 하느라 집이 비어 있곤 했는데 소희 엄마가 문을 열어 주었다.

"가게엔 안 가셨어요?"

"방금 소희가 열이 많아서 병원에 다녀왔어요. 선생님 죄송하지만 손님이 기다려서 급히 가게에 나가 봐야 하니까 소희 아빠 퇴근할 때까지 곁에 좀 있어 주세요. 부탁드립니다."

"염려 마세요. 오실 때까지 제가 소희를 돌볼게요."

소희 엄마는 아픈 소희를 맡겨 놓고 서둘러서 집을 나갔다. 루나는 뜨거운 소희의 이마 위에 찬 물수건을 얹어 주기도 하고 마음도 먹였다. 창밖은 점점 어두워지고 있었다. 침대 위에서 잠든 소희 곁에 누워 가슴을 도닥거려 주다가 깜빡 잠이 들었다.

꿈결처럼 문소리도 없이 다가온 인기척에 루나는 벌떡 일어났다. 언제 들어왔는지 소희의 아버지인 영섭이 침대 옆에 장승처럼 우뚝 서서 루나를 바라보고 있었다.

"선생님, 많이 피곤 하셨나 봅니다. 그대로 누워서 소희랑 한숨 주무세요."

영섭은 소희가 깰세라 목소리를 낮추곤 루나를 침대에 도로 눕힐 기세였다. 그러면서 아주 자연스럽게 허리에 팔을 두르더니 루나의 입술에 입을 맞추었다. 순식간의 일이었지만 그것이 그다지 싫지 않았다. 아니, 평소에도 루나를 바라보는 영섭의 눈빛이 그윽하다 여겼는데 그 한 번의 입맞춤에 마음을 빼앗겨 버렸다.

미팅이다 뭐다 남자들에게 마음을 흔들린 적이 없던 루나에겐 처음 느끼는 사내의 입술이었다. 루나는 우울할 때 오래오래 눈을 감고 그 입술의 촉감을 더듬으며 미소 짓곤 했다. 영섭을 생각하노라면 슬픔이 사라지고 사방에 뿌옇게 끼었던 안개 같은 것이 걷히는 느낌이었다.

루나는, 어렸을 때부터 아버지 박씨로부터 사랑을 못 받아 부성애에 허기져 있었다. 더구나 첩을 두고 자식까지 낳은 사실을 알고 나서 부터는 박씨가 자신을 버렸다고 생각해 왔다. 남편을 무조건 믿고 순종하던 윤자도 그때는 박씨와 무섭게 싸웠다. 그런 집이 싫어 밖으로 나돌 때 소희의 가정교사가 되었다. 소희의 아빠인 영섭을 마음속으로 혈육처럼 의지했다가 그날 단 한 번의 입맞춤으로 두 사람은 급속하게 친해진 것이다. 그때만 해도 영섭이 사랑의 화신처럼 보였다.

그날도 캠퍼스에서 나왔을 때는 비가 몹시 쏟아졌다. 우울한 얼굴로 비를 맞으며 앞만 보고 걷는데 누군가 곁에 와서 우산을 씌워 주었다. 영섭이었다.

"선생님, 왜 이렇게 늦었어요?"

"오래 기다리셨어요?"

영섭의 양복 소매 밖으로 나온 와이셔츠 소매가 눈이 부시도록 하얬다. 두 사람은, 우산을 쓴 상태에서 아스팔트 위를 걸었다. 영섭 몸에서 스킨 냄새가 났다. 문득, 이 사람도 내 몸에서 무슨 향기 같은 것을 맡을 수 있을까 루나는 그런 생각을 했다. 한때는 교사가 되어 이런 멋진 남자와 결혼해 안락한 가정을 꾸리는 게 꿈이기도 했던 루나였다. 그러나 이제는 아득한 꿈처럼 생각되어졌다. 엄마 윤자가 죽고 없는 자신은 이제 둥지를 잃고 헤매는 깃털 빠진 새일 뿐이라고 여겨졌다.

어린 동생들을 돌보면서 결혼은 하지 않을 결심이었다. 이럴 때를 대비해 교육 대학에 갔고 교사가 되려고 했던 것은 아닐까 생각되었다.

한참을 함께 걸어 내려오자, 도로변에 영섭의 그랜저가 세워져 있었다.

"타요!"

영섭은 차 문을 열어 주곤 조수석에 앉은 루나의 타이트스커트에 하얀색 블라우스 차림을 눈부신 듯 바라보았다.

"선생님, 왜 그렇게 표정이 어둡고 창백해요? 몸도 많이 야윈 것 같고…… 맏이로서 혼자 감당해야 할 문제들이 많을 거야. 형제들을 봐서 힘을 내고…… 아버지 잘 위로해 드리고…… 영리하니까 이 난관을 잘 헤쳐 나가리라 믿어요."

영섭은, 안쓰러운 눈빛으로 말했다. 앞가슴에 붙은 블라우스 단추를 목 밑까지 채워 주면서 루나의 등을 도닥거렸다.

다소 한적한 곳에 이르러 꽤 깔끔하게 단장된 식당 앞에 차가 세워졌다. 가끔씩 루나를 데리고 가 주던 유명한 곰탕집이었다. 루나는 조금 마르고 해맑아진 얼굴을 보여 주고 싶을 때 나타나 준 영섭이 고맙고 반가웠다.

넓은 뚝배기의 도가니탕 안엔, 인삼과 대추, 은행, 이름 모를 약초 뿌리가 뒤섞여 뽀얀 국물과 함께 설설 끓었다.

"많이 먹고 힘내요. 이런 것도 좀 먹고. 쯧쯧."

영섭은, 혀를 쯧쯧 차면서 인삼을 건져 루나 앞에 놓인 도가니탕 뚝배기에 담아 주었다. 국물은 입가에 엉겨 붙어 끈적거릴 만큼 진했다. 아르바이트 가서 소희네 집에서 가끔 마주쳤을 때보다 밖에서 만난 영섭은 늘 그렇게 달랐다. 언제 봐도 난봉꾼처럼 떠들거리거나 교활하거나 탐욕스럽지 않았다. 감정에 휘둘려 흐트러지거나 결코 가볍지 않고 여유 있게 차분하게 대해 주는 것이 마냥 좋았다. 남자들은 모두 아버지인 박씨처럼 가부장적이거나 날카로운 줄 알았던 그녀는, 영섭 같이 부드러운 남자가 있다는 사실이 그저 놀라웠다. 영섭이 그윽한 눈빛으로 바라다 볼 때마다 루나의 혈액 속에 욕조 속의 따뜻한 물처럼 스며드는 느낌이었다.

"저, 시민 교육 단체에 가입했어요."

딱히 얘깃거리가 없어서 그렇게 말했는데 영섭은, 그 말에 가만히 귀를 기울여 주었다.

"앞으로 아이들에게 우리 역사를 올바로 가르치는 교사가 되고 싶어요. 정직하고 민주주의 가치를 소중하게 여기는, 교육자로 뭉친 단체는 꼭 필요하다고 여겼어요. 불의에 분노하고 잘못되어지는 일들을 지적할 수 있는 아이들로 키우는 것이야말로 교육자의 사명이 아니겠어요? 그래야 우리의 미래도 밝지 않을까요?"

루나는 쉬지 않고 영섭에게 자꾸 설명했다. 그는 언제나 무겁고 심각한 표정으로 루나의 얘기를 들어 주곤 했었다. 그러고 보면 루나가 하는 일이라면 무슨 일이든지 찬성하고 박수를 쳐 주었던 것 같다.

"골프 좀 덜 치시고 제가 활동하는 그 시민 단체에 기부 좀 해 주세요."

"루나가 하는 일이라면 내가 못해 줄 것도 없지. 얼마나 하면 되지? 맘껏 요구해 봐."

그가 조용히 웃었다.

"어머! 집 한 채 값 기부해 주시려고요? 안 그래도 되는데?"

"하하하, …… 암튼, 얼마가 되든지 내 꼭 기부하지. 어디 가고 싶은 데 있으면 말해요. 바람 쐬어 줄게."

그때부터 자신이 돈과 사치로 더럽혀지는 일이 될 줄은 꿈에도 몰랐다.

식당을 나왔을 때는 비가 그치고 서쪽 하늘이 온통 노을로 붉게 물들어 있었다. 차가 호젓한 숲길로 달렸다. 루나는, 얼굴이 상기되고 자주 웃음이 나왔다. 거기 진녹색 물감을 처덕처덕 짓이겨 바른 듯이 싱그럽던 숲은 이제 노랗고 붉은 파스텔톤이었다. 노을빛과 함께 눈이 아리도록 고운 숲 빛깔은 어떤 아련한 꿈처럼 눈앞에 아른거렸다.

그날, 영섭은 숲속의 모텔에서 루나를 능욕했다. 어린 여자를 탐하는 영섭은, 눈이 뒤집힌 거나 마찬가지였다. 한 남자의 무식하고 거친 욕망 앞에서 루나는 찢기고 무너졌다. 그도 본능 앞에서 한 마리의 난폭한 짐승일 뿐이었다. 먹을 것을 보고 오래 참고 탐색했다는 게 다를 뿐. 영섭의 자상함엔 루나가 이해할 수 없는 욕망이 숨겨져 있다는 것을 그때 처음 알았다.

섹스는 그렇게 추한 것도 아니지만 부성애라는 가련한 허영심을 가졌던 루나에겐 충격이었다. 자유 연애니 번개 섹스니 스와핑이니 하는 시대라 해도 남자 때문에 대학 시절을 헛되이 보내고 싶진 않았다. 그래서 더욱 순결을 지키고 싶었던 루나는, 일방적인 성관계 앞에서 순결을 지키지 못한 자신을 책망하고 영섭을 원망했다.

윤자보다 젊은 지수와 바람난 아버지를 경박하고 추악하게 여겼는데 자신이 그런 유부남과 께름칙한 인연을 맺다니 자신을 죽이고 싶었다. 몸을 함부로 굴렸다는 자괴감에 오래오래 흐느껴 울었다. 영섭은, 욕구를 채우고 나서 루나에게 용돈을 주었다. 그렇게 이기적이고 비굴하고 욕망에 이글거리는 얼굴이 감춰졌다는 걸 깨닫곤 미움과 그리움에 망가졌다. 그러나 루나는 그것도 사랑이라고 아주 믿어 버렸고 그가 시키는 대로 했고 그가 내미는 돈 앞에서 대담해져 갔다.

4

윤자가 죽은 지 3년이 흘렀다. 박씨는, 제재소 일은 직원들에게 맡겨 놓고 직접 원목을 사온다면서 사나흘씩 묵고 돌아왔다. 루나는, 교육대학을 졸업하고 임용고시에 합격한 후 초등학교로 발령이 났다.

시골에 있던 루나의 친할머니인 김노파가 와서 살림을 도맡아 주었다. 김노파는 시장도 봐다 주고, 김치도 담그고 가족들의 입성을 챙겨 주며 윤자의 빈자리를 채워 줬다.

퇴근 후 집에 돌아오니 김노파가 식탁에 앉아 시금치를 다듬고 있었다.

"아버지는 오늘 늦으시나 봐요?"

"출장 가셨잖니? 그나마 다행이야. 느이 엄마 그렇게 죽으면 아범이 어떻게 살까 걱정했었는데 산 사람은 살기 마련인가보다. 제재소도 그런대로 잘 돌아가구 너 그렇게 좋은 학교에 발령나구 식구들 건강하잖니…… 저승에 있는 느이 엄마가 보살피는가 보다. 느이 엄만 얼굴이 예뻤을 뿐만 아니라 누구에게나 다 잘 대했는데 아까운 사람이 일찍 갔지…… 세상에 느이 엄마처럼 솜씨 좋고 부지런하고 상냥한 사람을 어디서 찾아보겠니…… 첩인 지수가 애를 안고 온 첫날은 펑펑 울더니 다음날은, 갈비 굽고 갈치조림해서 한상 가득 차려 내놓던 너희 엄마였단다. 그리 일찍 갈라고 그랬나. 그렇게 조용조용하고 인정스럽더니…… 휴우, 새록새록 그립구나…… 차라리 나 같은 늙은이를 데려가잖구……."

김노파가 눈물을 훔치면서 윤자 얘기를 꺼냈다.

"할머니, 그게 다 엄마의 운명인 걸요…… 그만 잊으세요."

루나가 김노파를 위로했다.

어느 날 아침, 루나의 아버지 박씨는 화단을 손질했다. 윤자가 떠난 후엔 아무도 돌보지 않아 꽃이 서너 송이 밖에 피지 않던 꽃밭이었다. 더구나 울안의 서너평 남짓한 터앝의 얼크러진 잡초들을, 뽑고 가지를 잘랐다. 윤자가 그랬듯이 정성껏 땅을 고르고 상추와 아욱 씨도 뿌렸다. 그 모습이 하도 열심이어서 꼭 식물을 연구하는 것처럼 보이기도 했다. 아니, 꽃밭을 매면서 꽃을 사랑한 엄마를 얼마나 그리워하셨을까? 루나 자신이 꽃밭을 볼 때마다 윤자를 생각했듯이 박씨도 지금은 없지만 조강지처인 윤자에 대한 그리움에 외로워 보이기까지 했다.

그 다음날은, 박씨가 손수 집안 문설주며 배란다 벽에 페인팅을 했다. 비싼 가구도 사들였다.

"너희 엄마가 쓰던 농은 버려 버렸다."

"자개농이 정말 멋져요, 오븐도 좋구요. 곧 아빠 생신도 다가오는데 친척들이 오시면 놀라시겠어요."

루나가 호들갑을 떨며 좋아했다.

"너도 곧 결혼해야 하니 집 단장도 하고 싶었다."

박씨가 대꾸했다.

동생의 방과 루나의 방을 창고 쪽에 따로 만들어 줄 때도 별로 이상히 여기지 않았다. 오히려 거실과 방마다 도배를 하느라 피아노는 뜰에 내어 놓은 상태고 따로 공간을 마련해 주는 것이 새집으로 이사하는 것처럼 좋았다. 그러잖아도 자신과 동생이 피아노를 뚱땅거릴 때마다, 신경이 쓰이던 참이었다.

며칠 후 자주 왕래하지 않던, 친지들이 왔다. 어쩐지 집안 분위기가 이상했다. 박씨 생일이라곤 하지만 모두 미리 와서 분에 넘치게 차린 음식들이 그랬고, 친척들이 한복으로 예를 갖추어 입은 옷차림이 그랬다. 아니나 다를까 루나의 할머니인 김노파가 먼저 운을 뗐다.

"루나야, 민영 에미인 지수가 아직 혼자 있다고 하더구나. 느이 아버지와 들어와서 살 사람 중에 형편을 아주 모르는 사람보다 낫지 싶은데 넌 어떠니?……"

루나는, 그 말엔 몹시 생급스러웠고 충격적이었다. 아버지의 첩이었던 지수가 재혼했다고 했는데 아직 혼자 있다니 믿어지지 않았다. 윤자가 죽기 전에 지수 데려다 살라고 하더니 미리 알고 그랬던 것일까? 생각하면서도 새삼스럽게 지난 날 지수 때문에 윤자가 받은 상처가 어제 일처럼 떠올랐다.

윤자가 암 선고를 받기 전에 있었던 일이었다.

책상에 앉아 있는데 지수가 낳아 놓고 간 민영이가 갑자기 자지러지게 우는 소리가 들렸다. 돌아보자 민영이는 빵을 먹다가 목에 걸려 얼굴이 새파랗게 질려 곧 숨이 넘어갈 듯했다. 루나는 안방에서 잠이 든 윤자를 다급하게 깨웠다.

"엄마, 민영이가…… 민영이가 빵을 먹고 체해 숨을 못 쉬어요."

윤자는 잠이 묻은 얼굴로 건넛방으로 들어왔다. 윤자는, 숨도 쉬지 못하고 버르적거리는 민영의 입안에 손가락을 넣고 거칠게 후벼 파면서 궁시렁거렸다.

"내가 무슨 죄가 많아서…… 에구 내 팔자야. 그저 죽어 버리기나 하면 내 속이 편할 걸……."

윤자의 말투는 이제껏 보지 못한 귀찮고 짜증이 나 몸서리치는 목소리였다. 잔뜩 찡그려 붙인 구겨진 얼굴과 미움에 찬 목소리를 루나도 처음 들었다. 루나가 알고 있는 윤자는, 천성적으로 참을성 많고 상냥하고 인정 많은 엄마였다.

박씨 앞에서 감쪽같이 민영을 새로 얻은 딸처럼 예뻐하고 안아 주고 먹이고 씻기고 예쁜 옷을 입혀 주던 마음은 거짓이었단 말인가? 박씨의 공장에서 일하던 직공들도 윤자가 거둬야 할 가족이고 베풀어야 할 가난한 사람들이었지만, 남편의 첩이 낳은 민영만은 윤자에겐 부담스럽고 없어도 될 미운 존재라는 걸 그때 처음 알았다.

"애를 이렇게 구박하는 줄 몰랐다. 네년이 낳은 새끼 같아 봐라, 울고불고 난리 났을 걸? 사악한 년!"

언제 들어왔는지 박씨가 들어오자마자 윤자의 따귀를 올려붙였다.

다행히 민영은 아무 일도 없었던 것처럼 말짱했다. 그때 노기에 찬 박씨와 독살맞고 분노에 찬 눈빛으로 박씨를 노려보던 윤자의 눈빛을 잊을 수가 없었다. 지수의 몸에서 낳은 민영은 윤자에게 평생 이해받지 못할 불행의 씨였던 것이다.

"할머니! 꼭, 민영 엄마가 집으로 들어와야 해요? 아버지에겐 할머니와 우리들이 있잖아요."

루나가 항의하듯 말했다.

"옛말에 열 아들보다도 악처가 낫다는 말이 있단다. 너희 아버지도 젊도 늙도 않은 어중간한 상처라서 누구와든 재혼해야 할 텐데 머리 큰 너를 포함해서 교육을 마치지 못한 아이가 셋이나 되니 그래도 제 자식이 있는 민영 에미가 낫다는 게지."

김노파가 다시 조심스럽게 말했다.

루나는, 지수가 새어머니로 들어오는 건 정말 싫었다. 모처럼 평온하던 가정에 다시 그때처럼 불화가 생길 것만 같은 불안한 마음이 들었다. 하지만, 루나 자신도 점점 시간이 흐르면서 현실적으로 깨달아졌다. 김노파의 말처럼 아주 속을 모르는 낯선 사람보다는, 지수가 들어와서 사는 게 낫다는 쪽으로 마음이 기울었던 것이다.

지수가 오기로 한 후 루나는 윤자의 흔적을 없애기 부엌 살림살이며 다락까지 샅샅이 뒤졌다. 그동안 아까워서 버리지 못하고 끌고 다녔던 옷가지와 소지품, 미처 옷으로 지어 입지 못한, 벨벳 한복감과 양장 천들까지 죄다 없앴다. 하지만, 윤자의 자취를 쉽게 지울 수는 없었다. 하긴, 집 째로 불을 지르면 모를까 어떻게 한 사람이 살다간 흔적을 그리 감쪽같이 지울 수 있을까. 루나는 옷장을 정리하다가 말고 윤자가 들고 다니던 구슬백 속에서 윤자의 진주 목걸이 주민등록증 등 윤자의 유품이 튀어나올 때마다 소리 내어 울었다.

5

박씨의 첩이었던 지수가 후처로 들어오는 날이었다. 갑자기 집 안이 술렁거렸다. 감청색 철 대문이 열리자 귀밑까지 더벅머리처럼 길도 짧도 않은 어중간한 노랑머리의 여자가 가방을 들고 들어 왔다. 화장을 짙게 했지만, 얼굴은 세모형이었고, 붉은 얼굴 원숭 이 같은 인상을 주었다. 몇 년 사이에 주름살이 많이 늘었고 깡 말라 있었다.

과거에, 민영을 낳아 안고 왔을 때 빨간색 미니스커트 차림으 로 엉덩이 한들한들 흔들며 걷는 지수가 아닌, 전혀 딴사람 같 았다. 남색이 도는 짧은 스커트 위에 입은 분홍색 블라우스가 노랑머리 때문에 유난히 촌스러웠다. 문득, 스커트 뒤에 숨어 있 는 얼굴이 하얗고 눈이 툭 불거져 나온 두상이 큰 사내아이에 게 시선이 가 닿았다. 아이는 웃지도 않고 낯선 사람을 경계하는 눈빛으로 잔뜩 겁을 먹고 지수의 치마 뒤로 숨었다.

아이는 튀어나온 이마와 인중이 박씨를 쏙 빼닮아 있어 한눈에 박씨의 아이라는 걸 알 수 있었다. 지수는 민영이 떼어 주고 나 간 후에도 줄곧 박씨를 만나서 둘째로 사내아이까지 낳았던 것도 그때서야 알게 된 사실이었다. 지수는 어딘지 모르게 기가 죽어 집안사람들의 눈치를 보았다. 아이도 낯선 환경에 눈빛이 몹시 불안정했다.

지수는 김노파에게 큰절을 하고 숙모와 친척들과도 맞절을 했다. 아무래도 소파에 앉은 자리가 불편했던지 모양새가 엉거주춤해 보였다.

지수는 간간이 자기가 낳아 떼어 놓고 간 민영이 눈에 걸리는 듯 자꾸 흘깃거렸다.

루나는 순간적으로 민영에게 친 엄마가 생겼다는 것이 처지가 바뀌어 자신이 남의 식구가 된 듯 어색했다.

"그새 언제 또 둘째를 낳았네. 아무것도 모르고 앓다가 돌아가신 언니만 불쌍하시지. 쯧쯧."

"휴우 루나나 밑에 애들이 착하다. 다른 집 애들 같으면 울고 불고 그 자리에서 화를 내고 퉁명을 부릴 텐데."

고모와 김노파가 서로 마주보며 수군거리는 소리가 칼침이 되어 루나의 가슴에 꽂혔다. 싫은 내색도 못하고 그 상황을 고분고분 받아들이는 자신이 정말 싫었다.

원래 타고난 성격이 말이 없는 루나지만 딱히 할 말도 없어 지수와는 별 대화를 나누지 않았다. 지수도 얼굴을 펴고 대한 적이 없었고 한집에서 산다고는 하나 남과 같았다. 한 상에서 같이 밥을 먹어 본 적도 없었고, 함께 외출한 적도 없었다.

루나는, 지수를 마음속으로 마음껏 깔보고 무시했다. 흐이그 저러니까 돈에 눈이 멀어 처 있는 남의 남정네를 꼬셨지, 저 따위니까 첩떼기지. 지수가 함부로 떠들거나 경망하게 웃거나 성급하게 화를 낼 때마다 속으로 몹시 능멸하고 경멸했다. 겉으로는 쉽게 새엄마라고 부르면서도 속을 열어 보이는 법 없이 늘 옹친 마음으로 경계하면서 등 뒤를 원수처럼 노려보곤 했다.

박씨도 가족들에게 냉냉했으며 전보다 더욱 쌀쌀맞고 말투도 차가웠다. 루나는, 가족들이 모두 서로 몸이 닿을까 봐 피하는 차가운 태도 때문에 질려서 지수가 언젠간 아주 떠나 버릴지도 모를 거라는 생각이 들곤 했다.

가족들이 벽만 보고 살아도 박씨가 함부로 대해도 지수는 박씨 비위를 맞추려고 애쓰고 모든 수발을 묵묵히 들었다. 박씨가 들어올 시간에 쌀을 씻어 돌솥이나 옹색한 밥솥에 쌀을 안쳐 그 밥이 끓고 뜸이 들 때까지 가스레인지 곁을 떠나지 않는 지수를 보면서 답답하고 걱정스러웠다. 집에 밥이 맛있게 잘되는 압력 전기밥솥이 있는데 굳이 그렇게 할 필요가 있을까. 또, 매번 박씨의 바지와 와이셔츠는 물론, 하얀 속옷을 빨아 다림질까지 하는 데 몇 번이나 저럴 수 있을까? 루나는 의구심이 들었다.

시간이 흐르자 지수는 생활에 조금씩 적응이 되는지 동생들을 나무라기도 하고 박씨와 가끔 다투기도 하고 언제 그랬냐싶게 정 좋게 서로 오순도순 얘기도하고 무릎을 베고 누워서 텔레비전을 보았다. 사랑을 나누는지 헉헉거리는 소리와 함께 애음 같은 게 자주 들려오기도 했다. 그것을 보면 영락없이 엄마인 윤자가 먼저 떠올랐다. 옛말에 오다가다 만난 사람은 정으로 살고 조강지처와는 법으로 산다는 말이 있듯이 지수와는 그나마 정으로 사나 보다 하고 이해하면서도 점점 금슬이 좋다는 표를 조금도 숨기지 않는 게 눈꼴이 시었다.

"아버지를 어떻게 만나셨어요?"

어느 날, 루나는 당돌하게 지수에게 물었다.

"친정아버지가 돌아가시고 친정어머니와 살았는데 많이 편찮으셨어. 병원비가 없어서 술집에 다녔는데 그곳에서 너희 아버지를 만났고 많이 도와주셨어. 어쩌다가 아이가 생겼고 민영을 낳는 바람에 살림을 차렸었지. 처음에 내가 이렇게 살게 될 줄은 몰랐어."

지수는 자연스럽게 집안 얘기까지 솔직히 털어 놓았다.

6

그 무렵 루나는 점점 영섭을 만나는 일이 대담해졌다. 한 사람의 불륜과 부적절한 관계가 함께 있는 가족들에게 얼마만큼 정신적으로 폐해를 주는지 어떻게 불화의 씨가 되고 불행의 원흉이 되는지 지수를 보아 너무나 잘 알고 있으면서도 영섭과의 관계를 끊지 못하고 있었다.

영섭은, 루나를 만날 때마다 다른 체위를 요구했고 자신도 모르게 영섭에게 길들여져 갔다. 말하자면 루나는 영섭의 섹스 파트너였다. 생각해 보면 영섭은 동물적인 수컷이 되는 순간에만 루나를 찾았고 그때마다 용돈을 주고 명품 가방을 사 주었던 것 같다. 루나는 공허함 때문에 그가 주는 돈을 물 쓰듯 했지만 공허함은 채워지지 않았다. 그와 헤어지는 날은 으레 좌절감과 상실감으로 고통스러워했을 뿐이다.

그들은 자신의 욕구를 채우기 위해 뱃속의 생명체를 죽이는 일도 서슴지 않았다. 남자의 성욕이 자제할 수 없을 만큼 절박하고 무분별한 것과 명품을 사고 싶은 욕심은 묘하게 닮아 있었다. 지수는 어머니의 병원비를 위해서 박씨를 유혹했다지만 루나는 화려한 구두와 가방과 머플러를 사기 위해 영섭을 만나는지도 몰랐다.

루나는, 영섭을 만나면서 그날, 세 번째 불법 낙태 수술을 받았다. 병실에 누워 그런 자신을 혐오하고 영섭을 원망하면서도 돌아가기에는 너무 먼 길을 왔다는 생각이 들었다. 그날도 산부인과 회복실에서 마취가 깨기를 기다리는 동안 루나는 참담해서 혼자 울었다. 누구 눈에 띌 새라 몸도 추스르지 못하고 도망치듯이 택시를 타고 집으로 돌아왔다.

기진맥진한 몸으로 현관 안으로 들어오자 마취가 풀리지 않아서인지 그 어떤 분노처럼 구역질이 났다. 부엌에 있는 커다란 스텐 솥에서 무엇인가 끓느라 부엌 미닫이창에 김이 자욱하게 서려 있었다. 누린내도 아니고 비린내도 아닌 어떤 냄새에 토할 것 같았다. 냄새는 솥에서 나는 것 같았다.

불도 켜지 않은 채 어둑한 방안에 지수가 누워 있었다. 루나를 보자 부스스 일어나 백지장처럼 창백한 얼굴로 나왔다.

"새 엄마, 어디 많이 편찮으세요?…… 얼굴이 창백해요…… 참, 솥에서 마구 끓고 있는데 뭐죠?"

루나는 지수를 힐끔 쳐다보며 물었다.

"미역국이야…… 난, 오늘 수술했어…… 낙태 수술도 아이를 낳는 거와 같아 미역국을 먹으면서 몸조리를 해야 돼. 올해 들어 벌써 두 번째야. 너희 아버지 만나고부터 아마 열 번도 넘게 했을 거야. 이제 징글징글해."

지수가 남의 말 하듯 힘없이 대꾸했다.

루나가, 소희 아빠인 영섭을 만나면서 늘 마음이 편치 않았듯이 아무리 비싼 옷을 걸치고 좋은 음식을 먹어도 박씨를 몰래 만나면서 지수의 마음이 얼마나 불편했을까? 루나는, 말라서 더욱 뾰족하게 세모진 지수의 얼굴을 새삼스럽게 자세히 바라보았다.

모든 고난과 슬픔과 고독함과 소외감에 찌든 지수의 얼굴은 딴 사람처럼 망가져 있었다. 아무도 모르게 망가지는 지수의 얼굴에 루나 자신의 얼굴이 들어 있는 것만 같았다.

루나는, 갑자기 영섭과의 관계가 치욕스럽게 여겨지면서 그의 손길이 닿았던 가슴과 아랫도리를 도려 내고 싶었다. 하지만, 어

느새 저도 모르게 보고 싶어요, 사랑해요 중얼거리면서 좀체로

답이 오지 않는 메시지를 보내고 있는 거였다.

두통

1

서서히 해가 기울 때까지 여자는 창가를 떠나지 못했다. 오늘
따라 그림이 되지 않고 마음이 뒤숭숭했기 때문이다. 처음 창작
촌으로 입주하던 날부터 여자는 미친 듯이 그림을 그렸다. 방치
하고 떠나 온 남편과 아들과 시모를 잊기 위한 필사적인 몸부림
이었다. 열심히 그렸지만 그림은 모두 건성으로 그려 마음에 들
지 않았다.

여자는, 피로해진 눈으로 창밖을 망연히 내다보았다. 주위는
온통 분홍빛 꽃빛이 어려 있었다. 벚꽃이 지면 벚나무 가지와 목
련 가지엔 연두 빛 이파리가 파스텔톤으로 옅게 번질 것이다.

지금부터 꼭 오십일 전. 남편에게 등 떠밀리다시피 창작촌으
로 들어오던 첫날이 생각났다. 남편은 여자를 차에 싣고 와 춤

고 적막한 이 산골에 짐짝 부리듯 부려 놓고 달아났다. '당신이 가장 빛날 때가 그림 그리고 있을 때야. 염려 말고 열심히 해. 한 달에 십오만 원 딱 세 달치만 지불해 주고 갈게. 내가 당신에게 주는 특별한 휴가야. 함께 입주한 예술가들에게 정부 지원금으로 식사도 제공한다니 끼니 걱정 안 해도 되고 얼마나 좋아. 뭐가 걱정이야? 애도 다 컸고 어머니는 내가 돌보면 되고 화초에 꼬박꼬박 물도 줄게. 집은 아예 잊어버려.' 차 안에서 거듭거듭 강조했다.

남편은, 다니던 건설회사에서 조기 퇴직한 지 삼 년이 넘었다. 결혼 초에 초임으로 있던 직장에서 매달 부어 온 연금을 해지 한 후 잊고 있었는데 만기가 되어 몇 백만 원의 돈을 손에 쥐게 되었다. 돈을 보자 남편이 가장 먼저 한 일은, 아내인 여자를 위해 이곳 창작 촌에 예약해 놓고 삼 개월분의 돈을 지불한 일이었다. 그동안 집안에서 부려 먹었던 걸 만회하려는 꼼수이기 이전에 아내에게 베푼 배려와 관심의 표시임을 여자는 익히 알고 있었다. 그래서 못이기는 척 이곳에 유배되듯 입주한 것이다.

여자는 늘 한 번쯤 가정에서 멀리 달아나는 꿈을 꾸긴 했었지만 갑작스럽게 집을 떠난다는 사실이 믿기지도 않을 뿐더러 덜컥 겁이 났다. 결혼 후 이십오 년 동안 양가 대소사 외에 그 흔한 중국 여행조차도 다녀 본 적이 없었다. 말은, '내 나라도 다 여행 못하는데 왜 남의 나라 다니면서 돈을 썩은 된장 퍼내버리듯 길바닥에 쏟아 부어?' 했지만 빠듯한 집안 형편 때문이었다.

결혼 생활은, 여자의 꿈인 그림을 평생 이룰 수 없는 사치스럽고 버거운 과제로 남겨 놓았다. 미술을 전공한 것도 아닌데 틈틈이 그려온 그림을 우연찮게 공모전에서 입선한 후엔 늘 머리맡에 스케치북과 4B연필을 두고 살았다. 볼 때마다 주어진 삶속에서 해결책을 찾지 못하고 자포자기하는 자신을 원망했다.

이곳에서의 구십 일은 남루한 일상을 떨쳐 버릴 수 있을 것처럼 여자에겐 특별하게 여겨졌다.

창작촌은 산으로 둘러싸인 산골 마을이라 다른 지역보다 체감온도가 5도 정도는 낮았다. 창틈으로 새어 들어 볼을 스치는 바람이 선득선득했다. 갑자기 집에 남아 있는 남편과 아들, 시모를 떠올리자 두통과 함께 가슴이 답답하고 조급함이 밀려온다. 아들은 아직도 게임 중독에서 헤어나지 못하고 있을까? 이곳에 오던 날 새벽에, '엄마 갔다 올게 잘 지내고 있어. 지발 게임 좀 그만하고!' 여자가 아들 방에 대고 소리쳤다.

간단한 짐과 그림 도구들을 남편의 차에 다 실을 때까지 아들은, 컴퓨터 게임에 빠져 듣는 둥 마는 둥 엄마인 여자의 말에 반응하지 않았다. 군대까지 다녀왔고 내년에 복학을 앞두고 있지만 아들은 그 흔한 알바는커녕 방안에 처박혀 게임만 했다. 쉬든가 공부를 해야 할 때 밤새 게임하고 아침 늦게까지 이불 속에서 뭉개는 아들처럼 남편 또한 다르지 않았다.

남편은 텔레비전 중독이었다. 화면은 채색되어 살아 움직이는 것 같으나 죽어 있는 가상의 세계다. 시간을 주체적으로 쓰지 못하고 폭력물에 의존해 시간을 무가치하게 보내는 건 남편도 아들과 마찬가지였다. 남편이 가끔 비현실적이고 성질이 누글누글하지 못하고 날카로운 것은, 텔레비전 때문에 정신을 휴식하지 못하고 수양이 부족한 탓이라고 여겨 왔다. '지애비가 텔레비전 앞에 꼭 붙어사니 새끼도 애비를 쏙 빼닮아 시간을 헛되게 보내는 게야.' 남편과 아들을 향해 여자는 그렇게 힐난하곤 했다.

이제 여자의 마음은 시모에게로 옮겨간다. 뭐니뭐니해도 가장 마음에 걸리는 건 병석에 누워 있는 시모였다. 시모는 남편이 실직하던 해에 뇌졸중으로 쓰러졌다. 이미 예고된 일인지 몰랐다. 삼 년 전에 금슬이 좋았던 여자의 시아버지가 돌아가시던 해부터 시름시름 앓기 시작해서 덜컥 자리에 눕고 만 것이다. 중환자실에서 사십여 일 만에 깨어났지만 식사도 대소변도 스스로 해결할 수가 없었다. '요즘 세상에 요양원이란 좋은 시설이 있는데 집에서 똥오줌 받아내는 자식이 어디 있대? 미친 거 아냐? 병 수발하다가 줄초상 난다고 했어.' 이웃들은 물론 형제들까지 그렇게 수군댔다. 요양사가 와서 하루에 네 시간씩 보살핀다고는 하나 그 역시 여자가 마음 써 줘야 할 손님일 뿐이었다. 시모는 늘 며느리인 여자만 찾았다. 똥오줌으로 마를 새 없는 이부자리와 끼니는 오롯이 여자의 몫이었다. 남편이 도와주지만 성에 차지 않왔다.

병수발이 만만치가 않았던지 여자에게 먼저 병이 왔다. 만성적인 두통과 우울증과 불면증 때문에 쇠꼬챙이처럼 말라갔다. 밤마다 소주 한 병을 마시고 잠들었다. 그러다가 주독으로 큰 병을 얻게 되어 시모보다 여자 자신이 먼저 죽을 것만 같았다. 어쩌면 수양과 휴식이 필요한 건 아들과 남편이 아니라 아내라고 생각되어 휴양차 이곳 산골 마을에 밀어 넣은 것인지도 모른다고 여자는 생각했다. 잊어버리자, 여자는 고개를 저었다. 여기까지 와서 아내 엄마 며느리의 자리를 생각하는 자신이 바보 같았다.

2

다음날 낮에는 종일 봄비가 내리더니 해가 진 저녁에는 날씨가 몹시 차가웠다. 어깻죽지가 쑤시고 아팠다. 미친 듯이 붓질만 한 탓이었다. 이제 이곳에서의 시간은 한 달가량 남아 있었다. 전력을 다해 그림을 그려 뿌듯한 마음으로 집으로 돌아가리라 다짐하면서 이불 속을 파고들었다. 누워서 문득 습관처럼 스마트폰을 통해 뉴스를 보았다.

선체가 기운 세월호 사진이 눈에 들어왔다. 여자는 벌떡 일어나 앉았다. 처음에 배가 기울기 시작할 때 이내 서둘러서 아이들을 구조하지 않고 잠수부들과 구조대원들이 그저 물놀이 하듯 왔다갔다하는 모습에 발을 동동 굴렀다. 결국 수행여행 갔던

304명의 아이들은 참담하게 죽었다. 사고 원인은 정원 적재량을 늘리기 위한 선박 개조와 조타 실수 외에도 적절치 못한 구조작업으로 아이들이 한꺼번에 수장된 것이다.

밤마다 여자는, 물속에서 허우적거리며 살려 달라고 울부짖는 아이들의 환청에 시달렸다. 만성적인 우울증이 있는 여자는 아이들의 비극적인 죽음과 함께 오래전에 객사한 여동생의 모습이 떠올라 눈물이 쉴 새 없이 볼을 타고 흘러 내렸다.

여자가 결혼하던 해 동생은 여고 졸업반이었다. 명문대학 입시에 합격한 후 친구들과 남해안 쪽으로 졸업여행을 떠난 동생은 영원히 돌아오지 못했다. 배가 홍도 앞바다를 지날 때 갑판에서 떨어져 바닷물에 휩쓸려 사라졌다고 했지만 정확한 사고 원인도 모르고 시체도 찾지 못한 상태였다.

동생은, 누군가가 지켜 줄 줄 알았을 텐데 아들 해산이 임박해 산부인과에 입원해 있던 터라 여자는 가 보지도 못했다. 남부럽지 않게 자매를 나란히 키웠던 홀어머니는 그 충격으로 몇 년 후 돌아가셨다. 결국 동생의 죽음은, 영원한 미궁 속에 빠져 버렸다. 집안의 가장 역할을 했던 여자는, 동생의 사인을 밝히지 못한 것이 평생 떨칠 수 없는 한이 되었다.

유난히 총기가 있고 예술가적인 자질이 있었던 동생이었다. '언니 나 여행간다? 돌아올 때 언니 선물 사가지고 조카 보러 갈게.' 전화 속에서 울리던 동생의 목소리가 아직도 생생하다. 어떻게 그런 일이 있을 수 있는지 지금껏 믿어지지 않았다. 체력이 떨어지거나 심리적으로 불안할 땐 물에 퉁퉁 불은 시체로 변한 동생의 꿈을 꾸곤 했었다.

여자는, 그림은커녕 밤새 뉴스만 보았다. 그러다가 집에서처럼 몇 알의 항우울제를 입안에 털어 넣고 잠만 잤다.

세월호 때문에 리듬이 깨져서인지 며칠 동안 그림이 되지 않았다. 연두색 물감을 풀어 놓은 듯한 구릉을 바라보거나 산책을 하거나 음악을 들었다. 보통 밤에 작업을 많이 하는데 그날 저녁도 그림에 집중하지 못하고 슬프고 쓸쓸하고 외로운 기분에 잠겨 방안을 서성거렸다.

"샘, 위층으로 막걸리 드시러 오세요. 오늘 입주하신 분 환영식을 하겠대요."

누군가 조심스레 문을 두드렸다. 누구 환영식이니 송별회라고 가끔 들고나는 예술가들을 위한 술자리가 생겼지만 리듬을 깨고 싶지 않아 그 자리를 피해 왔다. 하지만 여자는 어느새 외투를 걸치고 흩어진 머리카락을 쓸어 올려 핀을 꽂고 있었다. 창작실을 나와 별채로 향하는 동안 거센 바람에 나뭇가지들이 뽑히지 않으려고 어둠 속에서 버둥거렸다.

직사각형의 긴 앉은뱅이 탁자 위엔 동동주와 안주로 부추전과 두부와 돼지고기 수육이 차려져 있었다. 어제 새로 입주한 판화가는 훤칠한 키의 삼십 대 남자였다. 판화가의 맞은편에는 조각가가 미국인 남편과 나란히 앉아 있었다. 그들 부부는, 여자와 비슷한 시기에 입주를 했지만 산책길에서 딱 한 번 동행한 적이 있었다.

조각가는 사십 대 초반이고 숏커트 머리에 빼빼 마르고 키가 크고 걱실걱실하고 덧니가 있어 웃는 모습이 귀여웠다. 친절해서 사람을 대하는데 별 어렴성이 없어 보였고 아이 같이 단순하고 철없이 밝았다. 조각가의 남편은 미국인으로 조이스라 불렸고 기골이 장대하고 미남형에 멋진 목소리를 가진 칠십 대였다. 조이스는 그리스에 국적을 두고 있으며 화가에 자유 기고가였다. 역사학자, 동양철학 등을 대학에서 가르친다면서 명함을 받았던 기억이 떠올랐다.

여자는, 조이스에게 안녕하세요, 한국어로 인사만 했다. 정중하고 친절하게. 모두 빙 둘러 앉아 권커니 잣커니 잔을 돌렸다. 세월호 얘기가 대화의 초점이었지만 분노와 참담함 때문에 웃고 있어도 슬픈 표정으로 그냥 취해 가는 분위기였다.

여자는 늘 나이든 어른은 먼저 챙겨야 한다는 습관 때문에 "선생님, 이것 좀 드세요."하면서 조이스에게 부추전을 권했다. 한국어는 못해도 예— 하는 발음이 정확한 걸 보면 한국말을 알아듣는 듯했다. 조각가는, 상대방의 대화를 듣고 쉬임없이 영어로 남편인 조이스에게 전달하면서도 전형적인 중년여자 티가 나는 여자의 깡마른 몸피와 조붓하고 주름진 까무잡잡한 얼굴을 술에 젖은 눈으로 염탐하듯 흘깃거렸다.

여자도 그들처럼 술기운을 빌어 그 공간에 떠도는 자유와 들뜬 분위기에 취하고 싶었지만 잘 휩쓸려지지 않고 맨숭맨숭했다. 조각가가 과장스레 건배를 외칠 때마다 건성으로 잔을 들 뿐이었다. 조각가는 취하면 옆 사람의 팔뚝을 툭툭 치고 손을 어루만지는 버릇이 있나 보았다. 옆에 앉은 조이스나 판화가의 팔뚝을 습관처럼 어루더듬곤 했다. 장난 비슷한 조각가의 강한 손짓과 걸쭉한 입담에서 여자는 웬일인지 불편하고 어색했다.

밤이 깊어지자 조각가가 발딱 일어나 쪼르르 뒤편에 있는 숙소로 가서 무언가 네모난 것을 들고 나왔다. 조이스와 이탈리아 어느 해변에서 찍은 사진이 담긴 사진틀이었다.

"조이스랑 전 재혼이에요. 그전에 전 학교 선생이었거든요. 이혼녀를 무슨 화냥년쯤으로 보는 한국사회가 싫어서 한국에는 잘 안 와요. 특히 고루하게 민족주의하면서 핏줄에 국한하는 사람은 더 싫어요. 글로벌 시대잖아요…… 어떻게 만났느냐고 묻지 않으세요? 어학 연수원에서 조이스 목소리가 멋져서 제가 유혹한 걸요? 전 세 번째 결혼이에요."

취해서 볼이 발그레 물든 조각가가 묻지도 않은 얘길 해놓고 저 혼자 하하 웃었다. 솔직하고 당당한 말투였다. 실은, 여자는 초혼의 약속을 지키지 못하면 실패한 삶으로 보는 고루하고 비속한 여자였다. 하지만 속내를 감쪽같이 감추고 활짝 웃었다.

"네에 그런 줄 알았어요. 한 번도 하기 어려운 결혼을 세 번씩이나 하셨으니 출세하셨네요?"

여자가 농담 삼아 말했다. 얕보는 듯한 여자의 말투에 비위가 상해 조각가의 얼굴이 일그러졌다.

"내 얼굴에 뭐가 묻었어요? 왜 그런 눈빛으로 날 보는 거에요?"

조각가가 혀 꼬부라진 목소리로 어깨를 으쓱 올렸다. 그러면서도 다른 설명이 필요한지 주절주절 이런저런 묻지도 않은 얘길 계속 떠들었지만 여자는 귀담아 듣지 않았다.

술이 한 배 돌 때까지 조각가의 얼굴이 다소 기가 꺾인 듯 뾰루퉁해 있었고 여자도 말이 없었다. 술잔을 탁 소리 나게 놓고 샐쭉 올라간 입꼬리 때문에 여자와 조각가 둘 다 싸운 사람 같았다. 조각가는 침묵이 견디기 어려웠던지 오랜만에 텔레비전을 켜자고 제의했다. 집에서도 텔레비전이라면 지긋지긋했던 여자는 꾹 참고 화면에 시선을 고정시켰다. 일본군 위안부 문제를 다룬 다큐멘터리가 방영 중이었다.

"조이스와 세계 이곳저곳 다니면서 안 건데요? 위안부 문제가 많이 왜곡된 거 아세요?. 사실과 전혀 다르대요…… 그 시대를 살아 보지도 않고 믿는 건 좀 이상해요."

조각가가 말했다.

"꼭 그 시대를 살아 봐야 역사를 아나요? 아무리 역사가 권력자들에 의해 왜곡된다 하더라도 36년 간의 일제 강점기 때 일본의 만행은 부정할 수 없는 사실이에요. 국권을 상실하고 우리말도 못 쓰게 하고 많은 젊은이들이 징병으로 끌려가 죽거나 실종된 일을 모르세요? 또 위안부 문제도 피해자들이 엄연히 살아 증언하고 중국에서조차 그 증거가 속속들이 나왔듯이 정신대는 강제 동원이었어요. 생각은 다 다르고 표현의 자유라 할지라도 그 문제는 그냥 피해 갈 수 없고 진실을 은폐 할 수도, 옹호할 수도 없는 슬픈 역사에요."

여자가 다소 흥분된 목소리로 분명하고 냉엄하게 설명했다. 여자의 목소리가 높은 것은, 엄연한 사실 앞에서 조각가의 말을 듣고도 거기에 함께 있던 젊은 판화가조차도 한마디 거들지도 중재하지도 끼어들지도 않는 태도에 화가 났다.

여자는, 위안부 문제를 두둔하는 조각가가 꼭 나라를 팔아먹은 이완용 집안 자손이거나 일부 정치인 끄나풀처럼 여겨졌다. 일본의 식민지가 한국 근대화에 한몫을 했다는 둥 군사정권의 세습정부와 일본에 아부하면서 말이다.

여자의 단호한 어조에 조각가는 반항하는 아이 같은 표정으로 체머리를 흔들었다.

"그림을 그리시려면 다양한 책들도 읽으셔야죠. 일본의 입장에서 쓴 책 한 권 소개할까요?"

조각가는 말할 때마다 들고 있던 쇠젓가락을 버릇처럼 허공에 대고 한 번씩 흔들었다. 그리고 영어맹인 여자의 자존심을 건드리듯 영어 원어로 된 책 제목을 들먹거렸다. 조각가는 미국인 남편을 둔 것과 그동안 영어로 대화하는 것을 자랑스러워하는 것 같았다.

"전 영어맹이라 원어로 된 책은 한 줄도 못 읽지만, 영어에 능통하다 해도 일본에서 위안부를 정당화하는 글이라면 읽지 않겠어요. 적어도 예술가라면 그 시대의 아픔을 공감해야 하지 않나요? 국가가 어린 소녀를 보호하지 못한 것은 정신대나 세월호나 마찬가지인 것 같아요."

여자는 말할 틈도 주지 않고 되쏘았다. 평범한 거라도 비논리적이고 핏대를 높이며 목소리만 큰 것을 싫어해서 피하고 싶었지만 입을 닫고만 있을 수가 없었다. 곁에 있던 판화가는 너무 취해서 두 사람의 말에 아예 무관심했다.

"강대국은 약소국을 침범했고 늘 당해 왔고 그건 어쩔 수 없는 일이었잖아요."

"그럼 약소국은 침략을 당하고만 있으란 말이에요? 세계 곳곳에서 명분 없는 전쟁 때문에 얼마나 많은 사람이 아까운 목숨을 잃는데 그것을 당연하게 여기면 안 되죠. 오늘날 평화라는 가면을 쓰고 여기저기 다니면서 전쟁을 일으키는 강대국은 인종의

다양성을 부정하고 강대국 우월주의 때문에 그러는 것 아닌가
요? 우린 어떡하든지 그걸 막아야 해요."

"힘이 없는데 어떻게 막아요?"

"평화는 모두가 함께 노력해야 온다고 생각해요."

"아, 정말 피곤해. 우리가 왜 이런 대화를 해야 하지? 내가 먼
저 말을 꺼내긴 했지만."

조각가가 깔깔 웃다가 이마에 주름을 그으며 짜증 섞어 말했
다. 조각가의 남편인 조이스가 못마땅한 표정으로 아내의 귀에
대고 영어로 무어라 소곤거렸다. 조각가는 성가신 얼굴로 짜증
스레 고개를 돌려 버렸다.

"자질 문제야. 예술인 마을에 입소하는 사람들은 자격 심사도
안 하나 봐. 고루한 가정부인은 제외라고 말야."

카랑카랑한 목소리와는 딴판으로 조각가의 고개는 취해서 축
처져 있었다.

"그런 말이 어딨어요? 유부녀이기도 하지만 전 화가거든요?"

여자는 자존심이 상해 톡 쏴붙였다.

조각가는 다시 두 개의 날카로운 쇠젓가락을 양손에 나눠 쥐
고 마치 눈을 찌를 듯이 여자의 눈앞에서 흔들었다.

조각가가 흔드는 젓가락이 여자의 얇은 눈두덩을 스칠 듯 아
슬아슬 비켜갔다. 여자는 눈살을 찌푸리며 벌컥 화를 냈다.

"그 젓가락 좀 치우세요. 오늘 꼭 무슨 일을 내고 말겠어요.

무서워 죽겠어요. 정말…….

여자의 짜증 섞인 목소리에 조각가가 놀란 듯 잠시 말이 없었다. 아마도 손위인 여자에게 무례하게 군것에 대한 침묵 같았다. 그제사 조각가는 손에 든 젓가락을 조용히 탁자 위에 내려놓았다.

"원래 밖으로 나도는 사람들은 제 나라 살림이 어떻게 돌아가는지 모르는 법이에요. 아니면, 친일파들이 쓴 왜곡된 책만 읽었든가."

불필요하고 소모적인 논쟁이라는 걸 알지만 여자도 많이 취해 자제가 어려웠다. 여자는, 취중에도 타인의 고통에 대해 무감각하고 어린 소녀의 고통에 대해 공감을 못하는 조각가가 싫었다.

"이런 예술인 마을은 외국엔 없어요. 이거 다 국민의 세금으로 하는 건데 집도 있고 가정도 있는 사람을 이곳에 들어오는 것도 가려야 해요. 아예 폐쇄하든가요."

조각가도 여자와 마찬가지로 아니, 그곳 사람들 모두가 가난한 예술가들이었다. 작업실은 물론, 당장 기거할 집조차 없어서 모인 화가도 있었다. 화가 난 여자의 입에서 자신도 모르게 말이 속사포처럼 튀어나왔다.

"폐쇄해요? 폐쇄하면 돈이 없어 여기저기 창작촌만 찾아다니며 생활하는 당신 같은 국제적인 거지는 더 갈 곳이 없게 돼요. 이거 지원금 삭감하려는 수작 아닌가요? 자기네들은 해외 연수비

다 골프다 하면서 판공비 명목으로 세금을 물 쓰듯 하면서 예술가들에게 몇 년에 한 번씩 삼 개월 정도로 빌려 주는 공간에서 유부녀가 온다고 폐쇄해요? 정부에서 하는 말을 그대로 옮기는 당신이 더 나쁘네요."

여자는, 더 이상 참을 수 없어 딱딱거리다가 발끈하고 일어나 갈퀴눈으로 내려다보았다. 격하고 거칠고 그악스레 굴었음으로 정당한 것이 못되고 자신만 무식하고 나쁜 사람이 된다는 걸 여자는 잘 알았다. 조각가의 옆에 앉은 조이스가 취해서 고개를 숙이고 있다가 "why?"라고 물으면서 눈만 게슴츠레 뜰 뿐이었다. 벌게진 얼굴로 앉아 있던 판화가도 어느 결에 나갔는지 보이지 않았다. 여자는, 취한 채 비틀거리며 자리를 떴다.

3

"능력 없으니 한 남자에 매여 살지. 평생 답답해서 어떻게 산담? 이조 시대도 아니고 삼대가 한 집에서 산다는 게 이해가 돼요? 똑똑한 척은 다하지만 자기의 틀도 부수지 못하니까 맹하고 고리타분한 여자로 보이지 뭐에요."

"그러게 말이죠. 예술가들은 대부분 이혼하는데 참 희얀해요. 가족이 일과 출세에 걸림돌이 되고 방해가 될 텐데 말이죠."

아침에 산책을 나서던 조각가와 판화가의 대화를 여자가 엿듣고 말았다. 조각가는 어느새 여자가 시부모와 이십오 년 동안 함께 살았다는 것까지 모두 알고 있었다. 그들은 관습에 찌든 여자의 질기고 무딘 성질을 갑갑하게 여겨 뒷담화를 하고 있었다. 여자인들 왜 대가족 제도는 악습일 뿐이라고 생각하지 않았겠는가! 하지만, 사람들은 누구나 자신의 삶에 나름대로의 원칙을 세워 놓고 산다. 현시대의 변화에 맞춰서 살지 못한다고 비웃지만 여자는 신혼 초부터 시부모를 당연한 것처럼 모셔 왔고 아플 때도 집에서 모시는 게 당연하다고 여겨왔다.

"나, 다 듣고 있어요. 그만들 하세요. 결혼에 대한 약속과 인륜을 저버릴 만큼 독한 사람이 못 되어서요. 그리고, 대가족제도는 제가 마지막 세대라는 걸 알아요. 집집마다 다 사정이 달라서 모시고 있는 걸 비웃고 있나요?…… 이곳에 들어온 후 그 무시무시하게 외로운 것만 봐도 난 혼자는 정말 못 살 것 같더군요."

여자가 쌀쌀맞게 말했다. 여자는 차마 그동안 얼마나 외로웠는지 남편에게 얼마나 위로를 받았으며 누리고 살았는지 남편과 얼마나 싸우며 살았는지는 말하지 못했다. 얼마나 시모에게 매여 지냈는지도 사사건건 간섭을 받으며 살았는지 일일이 까발리긴 싫었다.

4

종일 날씨가 꽤 화창했다. 저녁때는 마당가에 있는 평상에 모여 막걸리를 마시기로 했다. 잔디와 사방에 펼쳐진 싱그러운 나무들의 초록 빛깔에 눈을 헹구면서 말이다. 안주는 김치전과 비빔국수였다. 모두 다소 들뜨고 쾌활해져 노래 부르고 흥겹게 놀았다. 집에 있으면 가족들이 들고날 때마다 쉴 새 없이 거실 기척에 귀를 기울이고 문소리에도 나가 보고 시모를 보살펴야 하는 그런 노예 같은 생활이 없는 게 어디인가 싶었다.

그러면서도 늘 여자의 개인적인 꿈을 방해했던 집이 몹시 그리운 건 왜인지 몰랐다. 집으로 돌아가면 맞이할 가사와 텔레비전 소음, 병든 시모가 기다리고 있지만 하루 빨리 시간이 흘러 집으로 돌아갈 날이 기다려졌다.

자신이 머물렀던 자리, 자신이 엎드려 책을 읽었던 침대와 물을 틀어 놓고 훌쩍거리던 자신만의 욕실. 늘 시어른들의 표정과 태도에 안절부절 못했던 날들. 여자는, 태평스럽게 텔레비전을 보고 있는 남편의 모습을 보면서 미워하곤 했던 날들조차 그리웠다. 옆에 있으면서도 아내의 어려움을 모르는 남편, 아내가 받는 고통을 감해 줄 수도 덜어 줄 수도 없이 여자를 힘들게 하던 남편. 그때도 지금처럼 형편이 넉넉하지 못해서 그 구렁텅이에서 끌어내 줄 수 없는 남편은 무능해 보여 더욱 싫고 미워 원망하기만 했다.

세월호 참사 후 입주한 작가들 모두 예민해진 것 같다.

아침에 일어나니 몸살기가 있고 목이 꽉 잠겨 있었다. 혀끝이 아리고 목이 컬컬한 것은 어제 밤에 피워 본 담배 탓이었다. 젊었을 때도 배우지 못한 담배를 장난 삼아 연거푸 두 대나 폈었다.

화장실 앞에서 조각가와 부딪혔다. 오늘 아침엔 여자와 눈을 마주치지도 않았다. 창백한 얼굴에 흘러내린 윤기 없이 푸석푸석한 머리카락과 투박한 손과 우중충한 외투를 입은 조각가의 궁상맞고 초췌한 모습을 여자는 놓치지 않고 훔쳐보았다. 부쩍 말라 눈은 더 퀭해 보였다. 어제 마신 막걸리가 안 좋아 배탈이 나서 고생하고 있다고 했다.

여자는 모두 산책 나간 후 입씨름 때문에 조각가와의 사이에 남은 석연치 않은 감정의 찌꺼기를 걸러 내기 위해서라도 뭔가 해주고 싶었다. 쌀을 씻어 뜨물을 넉넉히 붓고 흰죽을 안쳤다. 오래 곤죽이 되도록 얕은 불에서 뭉근하게 끓여 조각가의 방에 들이 밀었다.

"이거 드시면 속이 좀 편 할 거에요."

"잘 먹겠습니다. 그런데 혹시 설사약 없어요?"

조각가가 창백한 얼굴로 물었다.

"설사약이 필요하세요? 제가 사다 드릴게 기다려요."

여자는, 설사로 고생하는 조각가를 위해 약을 사러 간다면서 창작촌을 나섰다. 하루 서너 번 다니는 버스 시간이 임박해서 읍으로 나갔다. 결혼 후 가족들은 물론, 세 끼 중에 한 끼라도 굶으면 죽는 줄 아는 여자였다. 우선 허기진 배부터 채우기 위해 주변을 두리번거렸다. 눈에 띄는 대로 곰탕집으로 들어갔다. 갈비탕 한 그릇을 뚝딱 비우고 나오니 약국 문이 닫혀 있었다.

여자는 지갑을 털어 제과점에 들러 부드러운 카스테라와 아주 겉모양이 말랑말랑하고 유약을 바른 듯 반들반들한 청포도 한 송이를 샀다. 여럿이 나누어 먹을 생각에 스티로폼에 든 딸기도 한 상자 샀다. 여자는 설사약은 사지 못한 채 덜렁거리며 돌아왔다.

문 여는 소리에 조각가가 움켜 쥔 배를 쥐고 방에서 나왔다. 날카로운 턱이 더욱 뾰족해 보였다.

"이것 좀 드셔 보세요."

여자는, 조각가의 설사약은 까맣게 잊고 카스테라와 청포도와 딸기 상자를 내밀었다. 조각가는 실망감을 감추지 못한 눈빛으로 여자를 힐끗 쳐다봤다. 움푹 들어간 눈으로 한참을 훑어보다가 문을 쾅 닫고 들어가 버렸다. 조각가는 설사약을 사오지 않아 몹시 화가 난 듯했다. 여자는 조소와 비난이 섞인 눈초리에 모욕감을 느꼈다.

머쓱해진 여자는 말없이 들어와 인터넷 뉴스를 보았다.

방송에선 여전히 세월호에 대한 이야기였다. 아이들을 잃은 부모 마음은 어떨까? 가슴이 서늘해졌다. 물속에서 죽어 가는 아이들의 모습 위에 객사한 여동생의 얼굴이 겹치면서 눈물이 그치지 않았다. 자신의 작은 몸피 안 어디에 그렇게 많은 물이 들어

있었는지 몰랐다. 이젠 동생을 마음속으로부터 떠나보내고 싶었
는데 세월호 사건 후 더 큰 바위덩이가 여자의 가슴 위에 얹혀졌
다. 새벽녘에 겨우 잠들었지만 꿈결은 사납고 뒤숭숭했다.

5

공휴일이라서 모두 외출을 나간 창작촌은 텅 비어 있었다. 조
각가와 여자와 단 둘뿐이었다. 아침에 작업실 입구에서 조각가를
만났다. 여자는, 돌아서서 눈길을 피한 채 조각가에게 말했다.

"배 아픈 건 좀 나았나요?"

"네, 덕분에 좋아졌어요."

"전 우울증이 도졌나 봐요. 입맛도 없고 속이 울렁거려서 아침
을 못 먹겠어요. 맛있게 드세요."

오늘 여자는 어지럽고 속이 울렁거렸다.

심한 어지럼증에 누워서 여자는 생각했다. 가족을 방치하고
꼭 이렇게까지 해야 그림을 그릴 수 있는 건가? 회의가 들었다.
언제부터 그림을 좋아했을까? 그림만 생각하면 신경만 날카롭
게 벼리어질 뿐 아무것도 생각할 수 없었던 많은 날들. 어느 날
은, 은그릇을 배낭 속에 집어넣고 담을 넘어 도망가던 장발장처
럼 붓과 4B연필을 가방 속에 넣고 멀리 달아나는 상상을 해 보
곤 했었다.

공모전에서 그림이 당선된 후부터 그림을 맛보았던 것일까? 여

자는, 이런저런 그림을 따라 겨우 몇 장 그려 놓고 화가라고 주위 사람들에게 떠들곤 했었다. 폼생폼사로 살면서 예술가인 척 허영과 사치스러운 여자에 지나지 않았다는 생각이 들었다. 그림에 대한 무모한 열정 때문에 가정에 안주하지 못하고 집안일에 태만했다. 혼자만 희생하고 산다고 착각했다. 격에 어울리지 않게 빵모자를 삐딱하게 쓰고 화가입네하고 얄팍한 재능을 자랑하면서 문화센터로 예술가촌으로 미술 전시회로 나대는데도 눈감아 주던 남편과 시부모님이었다.

평생 남편의 노동에 의지해 호의호식한 자신. 돈을 벌어 본 적도 노동을 한 적도 없이 남편의 등골만 빼먹었다. 시모를 부려먹은 나이롱 며느리에, 시모의 한쪽을 사랑하면 한쪽을 미워하는 성질의 못된 며느리였다는 죄책감을 떨칠 수 없었다.

창작촌에 온 후 여러 사람들 속에 섞이면서 그전엔 몰랐던 자신의 모나고 꽉 막힌 모습도 알게 되었다. 자신이 그렇게 얄팍하고 다혈질이고 경솔하고 수다스럽고 고루하고 이기적인 여자인지 몰랐다. 원리원칙만을 고집하며 닦달하고 시시콜콜 잔소리하면서 어거지로 끌어오느라 가족들을 피곤하게 했던 것도 깨닫게 되었다. 어쩌면 가족이 피해자인 것을 그동안 자신이 희생만 하는 피해자인 것처럼 착각 속에서 살았다.

남편과 시모가 이해하고 보듬지 않았다면 술과 함께 몸 파는 이들처럼 늙어 갈수록 더욱 그악스러워지고 점점 암흑의 빛깔로

변해 갔을 여자. 흘깃 한 번만 봐도 조심해야지 싶은 여자로 변했을지도 모른다. 정이 헤퍼 여러 번 결혼은 했지만 실패하고 또 실패하면서 떠도느라 끝없이 어두워질 그런 여자로 말이다.

여자가 가장 혐오하는 류의 사람. 이를테면 말을 잘 옮기고 배신을 밥먹듯하고 공짜를 좋아하고 들짐승과 같은 본성으로 이 남자 저 남자 기웃거리면서 상처 주고 상처 받아 일생을 어둡고 침울하게 살았을지도 모를 일이었다.

처음 조각가에게 그런 느낌을 받았듯이 어떤 것을 감추고, 과거에 무슨 일을 했는지 무슨 짓을 했는지 많은 억측을 불러오고 의심을 받고 눈가에 짓는 눈웃음과 눈초리에 깃든 어두운 그림자와 몸짓 하나를 보고 과거를 부도덕한 여자로 오해 받는, 신원이 불확실한 사람으로 늙어 가지 않는 게 어디인가 생각되었다.

아침에 일어나니 머리가 아팠다. 이제 창작촌에서의 시간은 일주일 정도 남아 있었다. 그림을 그렸다기보다 세월호 때문에 내내 답답해서 질식할 듯했고 흐느끼다 보낸 기억밖엔 없었다. 나머지 시간은 그림에만 혼신을 다해야지 결심을 하면서 붓을 들었다. 하지만, 여전히 그림은 그려지지가 않았다. 세월호가 중심을 잃고 기울어질 때 배 안에서 학생들이 구조 요청을 했지만 선내에서는 가만 있으라고 방송을 했다. 해경 함정이 도착했지만 그냥 다 돌려보내기도 했다. 도대체 그 이유가 무엇인지 답답해지면서 그만 붓을 내팽개치고 말았다. 여자의 동생이 수장되면서 그랬듯이 304명의 아이들이 살려 달라고 아우성치는 지금, 전 국민이 상주가 된 지금, 무슨 일을 할 수 있을 것인가? 여자의 눈에서 다시 쉴새없이 눈물이 흘렀다. 너무 울어 아까부터 아프기 시작하던 머리가 딱따구리가 쪼아 대듯 쑤셔왔다. 여자는, 아무래도 그곳에 다녀와야 할 것 같았다. 인터넷으로 팽목항의 지도를 검색한 후 주섬주섬 가방을 챙겼다.

베트남 여자

큰아빠는, 이혼한 지 십여 년 만에 베트남 처녀와 새 장가를 들었다. 새색시는 나에게 큰엄마뻘이었다. 언니와 나는, 스무 살 넘을까 말까 한 베트남 아가씨에게 큰엄마라고 불렀다.

"언니, 큰엄마가 정말 미인이야, 그치."

내가 언니에게 말했다.

"키가 짜리몽땅하고 감자 같이 울퉁불퉁 못생긴 큰아빠하곤 전혀 안 어울려. 뭐 땜에 어린 아가씨가 그 인물 가지고 베트남에서 이런 남의 나라 산골, 더구나 늙은 홀어머니 딸린 홀아비한테 시집온담? 이천만 원에 팔려 온 거나 다름없잖아. 난 아무리 뜯어보아도 그 여자 얼굴은 여우처럼 날카롭고 뾰족하게 생겨 정이 붙지 않아. 어딘지 모르게 뒤에 감춰 놓은 다른 음흉한 얼굴이 있을 것만 같았어……."

올해 재수생인 언니는 원래 삐딱하고 매사에 부정적이긴 하지만, 동남아인이라면 무조건 비하하고 색안경을 끼고 보는 게 문제였다.

언니가 베트남 여자를 쉴 새 없이 씹고 까불며 나불거리자 엄마가 못마땅한 표정을 지으며 나무랐다.

"그만해. 누가 듣겠다. 얘는 무슨 일이든지 예사로 보는 게 없고 함부로 입을 놀리니? 사람이 외모로만 판단할 수 있니? 인정 있고 속이 깊기만 하더구만…… 할머니는 베트남 며느리라고 하대하고 남 눈치란 걸 안 보고 막말하시고 퉁명스럽고 고압적이시고…… 젊은 사람이 말도 안 통하고 문화와 생활 습관이 다른 나라에 와서 얼마나 힘들겠니? 또 큰아빠는 과잉 간섭과 집착에 거기다 폭언에 만만치 않은 분이잖니. 누가 그걸 견디면서 살까 엄마는 그게 더 걱정이야……."

"큰아빠도 좀 달라지시겠지 옛날에 큰 엄마한테 하듯 하시겠어요?……."

언니가 입귀를 샐쭉 올렸다.

"내일 나 혼자 할머니댁에 놀러 갈까?"

"다 나았다고 해도 아직은 조심해야 돼. 할머니댁까지 건강한 사람한테는 가까운 거리지만 너한테는 꽤 먼 거리야. 그러다가 몸살이라도 나면 어떡하려고……."

엄마도 이제는 좀 내 걱정은 그만했으면 싶었다. 내가 뇌종양을 앓은 건 초등학교 입학하기 전이었다. 한 차례의 수술과 항암 치료로 지난봄에 완치 판정을 받았지만 기침만 해도 몸에 미열이 나도 집안은 초비상이었다.

엄마의 직장이 할머니댁 가까이에 있는 중학교로 발령 나는 바람에 학교에서 제공한 사택에서 엄마와 단둘이 머문 지 몇 달이 지났다. 아빠와 엄마는 주말 부부였다. 곧 아빠와 언니가 사는 서울로 돌아가 그동안 다니던 초등학교 6학년에 다시 다닐 예정이다.

우리들이 떠드는 사이 잠자코 있던 아빠의 눈길은 나에게 머물러 있었다. 치료 때문에 여러 번 깎은 내 머리카락은 제대로 자라지 못해서 성긴 숲 같고, 얼굴은 창백하고 몸은 아주 왜소하고 빼빼했다.

"지희는 시골에 오니 좋으니?"

"서울보다는 공기도 맑고 경치가 좋아서 정말 좋아요. 혼자 어디든지 막 다니는 걸요. 할머니댁 앞에 있는 느티나무는 정말 멋져요."

나도 생기 있게 떠들면서 아빠를 바라보았다. 내 기억 속의 아빠는 늘 자상하고 밝았다. 오랫동안 내가 앓는 바람에 마음고생이 심했을 텐데도 조금도 티를 안 내고 직장에 열심히 다니면서 간호해 주던 아빠였다. 오랜만에 엄마의 얼굴도 그전보다 한결 평안해 보였다.

"다음에 엄마 출근하시고 나면 천천히 할머니댁까지 걸어가서 새 큰엄마 보고 올게."

엄마의 만류에도 고집스럽게 베트남 아가씨 얘길 다시 꺼내자 언니가 짜증을 냈다.

"누가 널 보고 싶다던? 방정 떨지 말고 집에서 조용히 그림이나 그리셔…… 아까 갔다 왔는데 또 거긴 뭣하러 가냐? …… 솔직히 난, 그 베트남 여자는 얼굴이 아무리 예뻐도 싫어…… 잘하는 사람도 있지만 사납고 버르장머리 없는 여자가 더 많은 것 같아. 지금 우리나라엔 다문화 가정이니 외국인 노동자니 가뜩이나 좁은 나라에 외국 사람들이 너무 많아. 그 사람들 때문에 나라가 더 혼란스러운 것 같애."

언니가 철없이 지껄이자, 아빠와 엄마 입에서 자연스럽게 다문화가정과 외국인 노동자 얘기까지 나왔다.

"여보, 우리 반에도 다문화 가정의 자녀가 있는데 학교 생활에 잘 적응을 못하는 것 같아요. 무엇보다도 언어 소통이 가장 큰 문제에요. 큰집에 곧 아기도 태어날 텐데 걱정이에요……."

"다문화 가정 역시 대한민국을 짊어져야 할 미래의 인재고 국내의 문제니 정부 차원에서 적극적으로 배려하고 함께 노력해야 해."

"다문화 가정도 그렇지만, 요즘 우리나라에 불법 노동자들이 판을 치고 있는 것도 정부가 좀 고민해 봐야 되지 않을까요? 그들이 싼 임금으로 노동시장 흐려 놓아 우리나라 사람들 일자리가 더 없는 건 사실이잖아요. 지금 취직하기가 좀 힘들어요?"

엄마의 물음에 아빠가 자세히 설명했다.

"그건 요즘 젊은 사람들이 어려운 일은 안 하려고 하니까 외국 노동자라도 쓸 수밖에 없는 것 아니겠어? 외국인 노동자가 200만 명이래…… 취약층 일자리에 외국인으로 채우는 정부도 문제이긴 해…… 무식한 말로 외국인 노동자 때문에 국민은 식당 설거지나 막노동도 못해 먹게 만든다고 아우성이야. 제주도는 또 정부에서 무비자 관광특구로 만드는 바람에 중국인이 100만 명에 이른대. 그들이 땅 투기에 범죄 때문에 환상의 섬 제주도를 환장할 섬 저주도라 할까…… 자국의 안전은 뒷전이고…… 좁은 땅덩어리니 신중하게 모든 불법 외국인 퇴출시키고 노동시장도 바로 잡아야지 원."

"정부가 지금 무엇이든 제대로 하는 게 있나요?"

아빠와 엄마의 얘기는 끝이 없었다.

"아빠! 전 내일 저녁에 친구들이랑 약속 있어요. 내일 몇 시에 가실 거에요? 점심 먹고 좀 일찍 출발하시면 안 돼요? 아니면 저 먼저 버스 타고 갈까요?"

언니가 수선스럽게 굴어 부모님의 얘기는 중단되었다.

"따로 가느니 조금 일찍 출발하지 뭐."

엄마는, 매일 친구 만나고 공부는 언제하냐면서 이번에 대학시험 떨어지면 학원비 끊겠다고 언니에게 못 박았다.

다음날 아빠와 언니는 점심을 먹고 서울로 떠났다.

월요일이었다.

나는, 엄마가 출근한 뒤 할머니댁에 가기 위해 집을 나섰다. 할머니댁엔 큰아빠와 큰 엄마인 베트남 여자와 할머니 세 식구가 산다.

어제 내린 비로 숲이 말갛게 씻겨 짙푸르렀다. 할머니댁은, 한 아름이 넘는 소나무와 떡갈나무 밤나무 상수리나무가 우거진 험한 덤불숲을 지나고 작은 저수지를 지나야 했다. 저수지 둑 풀숲엔 청미래 열매와 산딸기가 지천이고, 칡꽃 오이풀꽃 돼지풀 꽃 들깨풀꽃 나리꽃 돌나물꽃 등 갖가지 들꽃들과 온통 녹색 풀밭이어서 나는 그곳을 무척 좋아했다.

그물처럼 엉켜 있는 수풀을 헤치며 거북이처럼 느릿느릿 걸어가는 동안 엉겅퀴가시에 긁히고 찔리기도 했다. 저수지둑 가까이 오자, 할머니댁이 보였다. 제 무게에 못 견뎌 불룩한 허리를 접고 땅 가까이 휘어져 있는 느티나무도 보였다.

마당에 크고 작은 참외들이 산더미처럼 쌓여 있었다. 여기저기 노란 더미 위에 따가운 햇살이 내리꽂혔다. 참외들은 햇빛을 받아 더욱 향기롭고 달달한 냄새를 풍겼다.

"할머니! 저 왔어요."

"지희 왔니? 내가 가 보려고 했는데 왔구나."

할머니가 나를 얼싸안았다. 출렁거리는 뱃살이 푹신했다.

"안녕하세요? 저 또 왔어요."

"어서 와."

참외를 박스에 담고 있는 베트남 여자에게도 인사를 했다.

베트남 여자는 스무한 살이었다. 날씬한 키에 한 가닥으로 머리를 얌전하게 묶어 내린 모습이 갸름한 얼굴에 오똑한 코와 도톰한 입술과 큰 눈이 잘 어울리는 미인이었다. 병든 닭처럼 작고 볼품없는 내 몸피와 엉성하고 뾰족하게 자란 머리카락이 부끄럽고 자꾸 신경이 쓰였다. 그녀는, 늦게서 자세히 나를 본 듯 놀라는 눈치였다. 하지만, 금세 아무렇지 않은 얼굴로 나긋나긋하게 굴었다.

"지희는 정말 예쁘구나."

정확한 발음으로 칭찬했지만 나는 빈말 같아 무뚝뚝한 표정을 지었다. 나 자신이 예쁘지 않다는 걸 잘 알고 있기 때문이었다.

"이거 받으세요. 제가 만든 거에요."

내가 공들여 만든 복주머니를 내밀었다. 다홍빛 공단에 모형을 떠 꿰매고 입구는 송곳으로 구멍을 뚫고 자주색 수실을 엿가락처럼 꼬아 만든, 장식이 치렁거려 멋스러운 복주머니였다. 내가 아끼는 물건이지만 우리나라 고유의 것을 자랑삼아 꼭 주고 싶었다.

"아니? 이걸 니가 직접 만들었다구?"

베트남 여자는, 복주머니를 받고 깜짝 놀라 믿기지 않는 얼굴로 할머니를 바라보았다.

"지희는 솜씨쟁이야. 그림도 아주 잘 그려."

할머니가 과하다싶게 칭찬했다.

그녀는 신기한 듯 복주머니를 자꾸 들여다보다가 나를 훑어보다가 했다.

문득, 온 식구가 바쁜데 내가 걸리적거리는 것 같기도 하고 마무리하지 못한 그림이 자꾸 생각나서 집에 돌아가야 할 것 같았다. 집에 가겠다고 하자, 할머니는 바빠서 그러는지 굳이 붙잡지 않았다. 뒤꼍으로 가서 검정 비닐봉지에 참외를 묵직하게 담아왔다. 그녀가 들어다 준다면서 참외가 담긴 비닐봉지를 들고 내 손을 잡고 우리 집까지 함께 왔다.

"제가 이런데도 보기 싫지 않으세요?"

내가 뜬금없이 베트남 여자에게 들릴락말락하게 어리광스럽게 말했다. 미안하기도 했고 달리 할 말도 없기 때문이었다. 어딘지 두렵고 걱정에 찬, 주름 많은 쪼그랑 할미 같기도 하고, 갓난아기 같기도 한 내 얼굴을 그녀가 똥그란 눈으로 내려다봤다.

"지희 니가 뭐가 어때서? …… 베트남에 있는 어떤 작가가 어느 소설 머리말에 그렇게 썼어. 모든 인간은 별이라고. 크든 작든 꼭 자기만의 별자리에서 자기만의 이름으로 빛나는 영롱한 별이라고…… 그렇듯이 우리 지희도 아름다운 별인데 왜 내가 싫어해?"

그녀는 나를 돌아보며 빙긋이 웃었다. 그녀는 한글 이해도도 떨어지고 발음이 분명치 않았지만 나는 무슨 뜻인지 정확하게 알아들을 수 있었다.

"모든 사람은 죽어서 하늘나라의 별로 돌아간대. 지금쯤⋯⋯ 우리 엄마도 하늘나라에 가셔서 별이 되셨을 거야."

"엄마가 돌아가셨어요?"

"응⋯⋯ 며칠 전에 돌아가셨는데 큰아빠가 반대하셔서 베트남엔 못 갔어. 그동안 용돈을 한 푼도 못 보내 드렸는데⋯⋯."

그녀의 눈가에 이슬이 맺혔다.

현관 앞에서 쭈뼛거리다가 내 방에 따라 들어온 베트남 여자가 벽면 가득 채운 그림을 바라보았다. 색감의 아름다움에 취해 있는 것처럼 보였다. 나중엔 신기한지 의자까지 갖다 놓고 앉아 집요하게 들여다보았다.

"실은 할아버지도 화가셨는데 친정아빠가 다섯 살 때 베트남전에서 전사하셨어⋯⋯ 나도 화가 되는 게 꿈이었고."

"그러셨군요⋯⋯ 베트남에 많이 가고 싶으시죠?"

내가 뜬금없이 모르는 사람에게 묻듯 물었다.

"가고 싶지⋯⋯ 나라 없는 설움이 얼마나 큰지⋯⋯ 떠나오고 보니 알 것 같아⋯⋯ 베트남은 21년 동안 전쟁을 치러서 폐허가 됐어. 그을음과 미사일의 방사능과 낙진, 고엽제로 산천은 쑥대

밭에 민둥산이 됐지. 그때 월남전에 참석한 대한민국 장병들 중에 부상당하고 전사한 사람도 많잖아…… 미국을 위한 총알받이였지. 유사시에 힘 있는 미국은, 우리같이 힘없는 나라를 그렇게 희생물로 삼으면서 세계 곳곳에서 전쟁을 했어. 전쟁은 없어야 돼. 베트남도 지금은 어느 정도 복구가 됐지만 아직 멀었어. 나이 들어서 고향에 내려가 살고 싶어."

그녀가 떠듬떠듬 말을 이어갔다. 그녀의 꿈은 아주 작고 소박한 것인지 몰랐다. 베트남에서 오리를 키우고 농사 지으면서 가족들과 평화롭게 사는 것. 욕심이랄 것도 없는 아주 작은 바램들 말이다.

여름방학이라 엄마가 연수받는 동안 거의 할머니댁에서 지냈다. 베트남 여자와 난 떼려야 뗄 수 없이 정이 들었다. 나는, 눈만 뜨면 그녀를 만나러 할머니댁에 갔다.

저수지 둑 내리막길은 간밤에 내린 큰비 때문인지 황토 언덕이 깎이고 큰 돌 무더기가 들쭉날쭉 드러나 있어서 정말 힘들었다. 간신히 걸어가다가 아무도 없는 틈을 타 나무 막대기라도 의지해 보고 싶었다. 말라비틀어진 떡갈나무 막대기를 짚으면 힘들지 않게 갈수도 있을 것만 같았다. 막대기를 짚고 일어서 보았다. 다리가 후들거려 허리도 못 펴보고 쾅당 고꾸라졌다. 막대기는 저만치 튕겨나가 나동그라졌다. 무릎이 깨졌는지 몹시 아팠다.

대낮인데도 햇빛이 구름에 가려 오소소 한기가 들었다. 갑자기 언덕에 있는 나뭇가지가 휘도록 바람이 불었다. 눈물이 그렁그렁한 눈으로 나뭇가지들을 올려다보았다.

"지희야, 거기 가만 있어. 내가 데리러 갈게."

웅웅 짐승이 울부짖듯 바람 소리에 섞여 귀에 익은 목소리가 메아리 되어 들려왔다. 거짓말처럼 베트남 여자가 짙은 수풀을 헤치고 눈 깜짝 할 사이에 내 곁으로 다가왔다.

싸늘한 바람이 나의 빼빼마른 몸을 휩쓸어 갈 것처럼 드세게 불었다.

"저 어떻게 보고 왔어요?"

"니가 올 것 같아서 기다렸어. 바깥을 내다 보니 니가 여기 있어서 무슨 일인가 와 본 거야. 빨리 가자. 바람이 차다. 내가 이러구 있으면 큰아빠께 혼나."

그녀가 내 손을 잡고 서둘렀다.

마당에서 두엄을 퍼나르던 큰아빠가 사나운 눈초리로 꼬나보았다. 숯검댕처럼 검은 눈썹이 꿈틀거리고 좁은 미간이 휴지처럼 구겨졌다.

"어딜 찔찔거리구 나다니냐? 한글 공부를 하던가. …… 참외 비닐하우스에 들어가는 걸 그렇게 싫어하더니 자알 돼았다. 동네에 싸든가 뭔가 들어와 전자파 때문에 성주 참외 안 먹겠다구 야단이라더라."

큰아빠가 독기가 서린 눈을 치뜨며 반말지거리를 했다. 누가 있건 없건 늘 함부로 대하는 것이 민망했다. 그녀는 평소와는 달리 서리 맞은 배추처럼 기가 팍 꺾였다. 베트남 여자라고 얕보고 저렇게 막 대하고 반말지거리를 하는 걸까? 생각되었다.

"그만해라, 오전 내내 날 도와주느라 고생했어. 넌, 며느리를 왜 그렇게 미워하니?"

어쩐 일로 할머니가 그녀의 역성을 들었다.

"말도 안 통하지만, 여편네가 버르장머리가 없어서 두들겨 패서라도 고쳐야 되고, 처음부터 길을 들여 놔야 해요. 어머닌 상관 마세요."

큰아빠가 느물거리듯 말했다. 큰아빠는 이기적이고 아내를 사랑하는 방법을 모르는 것 같았다. 이제 자세히 보니 그녀는 베트남에서 시집오던 해보다 차림새가 초라했다. 반질반질 윤기 흐르던 얼굴이 꺼칠해서 어딘지 모르게 겉늙어 보였다.

점심나절이 지나자 할머니와 큰아빠는 시장에 간다면서 트럭을 몰고 집을 나갔다. 갑자기 집안이 조용해졌다. 베트남 여자가 나에게 참외를 깎아 주곤 도끼를 들고 따갑게 쏟아지는 햇살을 피해 그늘에서 장작을 패고 있었다. 아니, 자세히 보니 장작을 패는 게 아니라 그전에 할머니가 쓰던 헌 농짝을 빠개고 있었다. 힘이 들어서 벌겋게 달아오른 얼굴에 땀이 비 오듯이 흘러내렸다.

"큰엄마, 그만하고 좀 쉬어요. 힘들게 그걸 왜 일일이 빠개는
데요?"

"가만히 앉아 있으면 뭐해? 어차피 큰아빠가 다 하셔야 될 일
이야."

서울에서는 돈 몇 푼 주면 가져가는데 여린 몸으로 너무 고생
하는 것 같았다.

오후에 거실 장식장 위에 놓인 그녀의 검정색 핸드백이 눈에 들
어왔다. 예쁘기도 하고 그 속이 하도 궁금했다. 저런 가방을 헝
겊으로 만들어 보면 어떨까 하고 손이 저절로 가 가방을 열어
보았다. 핸드백엔 앙증맞은 메니큐어 병과 입구를 줄이면 부피가
한 줌도 안 되지만 늘어 내면 넓게 늘어나는, 내가 준 복주머니도
들어 있었다. 언제 샀는지 가방 안에 비행기 표가 들어 있었다.

"저, 저런. 지희 너 뭐 하니? 왜 건방지게 남의 가방을 맘대로
열고 그래. 비행기 표 잃어버리면 큰엄마는 베트남에도 못 가."

어느새 시장에서 돌아온 할머니가 뒤에서 볼멘소리로 냅다 핀
잔했다.

나는 고함 소리에 놀라 시무룩해졌다. 무안해 풀이 죽은 나를
그녀가 달랬다.

"지희야, 괜찮아. 이리 와."

그녀는 할머니가 버럭 화난 것에 도리어 자신이 미안해 어쩔
줄 몰라 하는 얼굴이었다. 내 손을 끌어다가 찔레꽃잎 같은 손

톱에 메니큐어를 칠해 주었다.

"큰엄마, 베트남 가시려구요?"

"응……."

"언제 오시는데요?"

할머니가 밖에서, 얼른 큰아빠 방에 가 보라고 베트남 여자에게
닦달하며 고함치는 바람에 더는 아무 얘기도 들을 수가 없었다.

큰아빠는, 둥근 교자상에 소주병과 김치 접시를 올려 놓고 술
을 마시고 있었다. 김치를 좋아해 소주 안주도 김치였다. 젊어서
부터도 고기 반찬이니 생선이니 안주가 넘쳐도 김치를 제일 큰
안주로 칠만큼 그는 자린고비였다.

정신을 차리려는 듯이 게슴츠레 취기 있는 눈빛으로 그녀를
뚫어져라 바라보다가 또 술을 찾았다. 큰아빠는 술이 더 들어
가면 이성을 잃었다. 토하고 그 토사물을 뭉개면서도 술, 술을
외쳤다. 그녀가 술병을 먼저 감추고 술상을 치우고 말없이 걸레
로 토사물을 닦았다. 괜스레 내가 미안해졌다.

아까부터 하늘이 흐리더니 창밖엔 비가 세차게 내리고 있었다.
집에 가려고 하자 그녀가, 비도 오고 너무 늦었다고 오늘 하룻
밤만 자고 가라고 잡았다. 나도 싫지 않아서 그러마고 했다. 밤
이 깊어지면서 비가 그치자, 신기하게도 창밖의 밤하늘엔 별이 총
총히 박혀 반짝거렸다. 자잘한 다이아몬드를 쏟아 부은 듯 아
름다웠다. 그녀가 나를 예쁜 별에 비교해 주던 때가 떠올랐다.

언젠가 기회가 되면 이런 풍경과 느낌을 그림으로 그려야지 생각했다.

일을 끝낸 베트남 여자가 내가 누워 있는 방으로 들어왔다.

"지희가 준 선물을 보면서 자꾸 눈물이 났어. 그런 예쁜 주머니를 만들고 그림을 잘 그리기까지 얼마나 노력했을까. 좀 더 잘해 주고 싶었는데…… 내가 말도 안통해서 답답할 때가 많았지? 나는, 지희가 정말 좋아…… 지희는 내가 이 세상에서 가장 사랑하는 하나뿐인 조카야……."

그녀가 씁쓸하게 웃으면서 말했다. 머리맡에 앉아 나의 오목 눈과 납작한 코 작은 입 등을 근심스럽게 들여다보는 그녀의 눈에서 금방 눈물이 흐를 것 같았다.

나는 얼굴이 예쁘게 생기지도 않았고, 키도 작고 머리카락도 없는데 그런 나를 좋아한다고 생각하자 부드러운 물결이 내 마음속에 스며드는 것 같았다.

나를 바라보던 그녀의 눈에서 한 줄기 눈물이 주루룩 흘러 내렸다. 마음이 많이 아파 보였다. 다른 사람은 못 느껴도 나는 많이 아파 보았기 때문에 더욱 민감하게 그것을 알아차렸다.

"큰엄마, 베트남 가시는데 왜 우세요?"

"아니야. 안 울어……."

베트남 여자는 더는 말없이 나를 가슴 깊숙이 안고 토닥거렸다.

그러는 동안 눈꺼풀이 자꾸 아래로 내려왔다. 졸음을 쫓으려고 안간힘을 쓰다가 그녀의 포근한 품에 안겨 잠 속으로 깊이 빠졌다.

그로부터 몇 달 후에 할머니 생신이었다. 아빠가 오셔서 엄마와 할머니댁으로 향했다. 주위는 건축 자재가 널브러져 지진이 난 것처럼 아수라장이었다. 무슨 공사가 한창 진행되어 거대한 콘크리트 벽이 세워지고 거기에 박은 철근은 무섭고도 끔찍했다. 어떤 논리를 떠나서 자연을 훼손하고 건설하는 네모난 콘크리트 벽은, 삭막해 싫었다.

마을은, 쓰나미가 지나간 것처럼 어수선했다. 그것뿐이랴, 사드가 들어온다는 소식에 일손을 놓은 주민들이 깔아뭉갠 참외밭은 허허벌판으로 방치되어 있었다.

그동안 이곳에 곧 어마어마한 미국 장거리 미사일 방어의 핵심 무기인 사드가 들어온다고 해서 모든 사람들이 반대를 했다. 아니, 성주에 사드가 들어오면 한반도의 군사적 경제적 불안을 가중시키는 일이 된다고 밤마다 촛불시위를 하면서 반대했다. 하지만 할머니댁 근처에 있는 골프장 부지에 들어온다고 정부에서 다시 발표했다.

하나님은, 세상에 평화를 주셨는데 인간은, 평화를 지키기 위해서라고 여기저기 무기를 배치한다. 욕심 때문에 아까운 생명을 서로 죽고 죽이기 위해서였다.

"인간의 목숨을 생각하지 않는 무기로 인하여 언젠가는 인간도 멸망하게 될 거야. 북측이 그렇게 평화협정을 하자고 요청하는데도 귀를 막고 남북한 모두 불바다 되게 서로 전쟁을 하자는 건가? 대통령은 통일 대박이라고 하면서 개성공단 폐쇄해서 북한과 단절시키고, 통일에 관심이 있는 건지 없는 건지…… 사드는 장거리 미사일만 방어할 수 있어. 그런데 북한의 공격을 방어하기 위해서라고 거짓 선전으로 국민을 속인 거야. 그렇게까지 북한을 자극해 무슨 이득이 있는 건지…… 국민의 안전을 우선시하고 안정과 평화를 추구하는 지도자가 최고라고 생각하는데 도대체 무슨 생각으로 정치를 하는지……."

함께 대화를 나누는 아빠 엄마 모두 심각한 표정이었다.

"농촌에 미사일 기지가 웬말이에요, 주민이 삭발을 하고 혈서를 쓰고 국민들이 반대하는데 도대체 대통령은 무슨 약점을 잡혔길래 기를 쓰고 미국이 하자는 대로 사드를 받아들이려고 할까요?…… 모두 부정부패에 빠져 미국을 평화와 민주주의 수호신처럼 여겨 의존하는 것 같아요. 사드 배치라는 잘못된 결정 하나로 평화 위협에, 중국의 무역 보복 때문에 경제적인 타격과 주민 생존 파괴로 두고두고 피해를 보고 살아야 할지도 모르는데 말이죠…… 정말 답답해요"

엄마가 분노와 의혹에 찬 목소리로 말했다.

부모님이 나누는 얘기를 듣는 사이 할머니댁에 도착했다.

울안으로 들어가자 방안에 외롭게 앉아 있는 큰아빠의 초췌한 모습이 보였다.

그녀는 베트남에 간 후 몇 개월이 지나도 큰아빠와 약속한 날짜에 돌아오지 않았단다. 그동안 그녀를 수소문해서 찾았지만 소식을 알 수가 없다고 했다.

큰아빠는, 사드가 들어오면 마을이 발전하고 나라의 경제가 나아진다는 사탕발림에 속아 찬성하는 쪽이었다. 사드가 배치되면 민간인 통제 구역이 될 게 뻔하다. 그런데 근처에서 베트남 음식점을 한다고 빚까지 내어 건물을 샀다. 곧 철거될 무허가 건물을 사기꾼에게 속아 돈만 날린 것이다. 그동안 모은 돈과 집을 잃고, 엄청난 빚까지 짊어지게 되었다.

"할머니, 베트남에서 큰엄마 소식 안 왔어요?"

내가 물었다.

"그깟년 기다릴 것도 없다."

할머니는 떠나던 날부터 전화 한통 없이 감감 무소식인 그녀를 증오했다.

나의 기억 속엔 천진하고 복성스런 베트남 여자의 얼굴이 남아 있었다. 함께 있으면 즐겁고 행복했다. 그녀의 얼굴이 다시 보고 싶었다.

큰아빠가 종이 잔에 소주를 딸아 단숨에 마셨다.

"형님 어려운 일 당할수록 마음을 독하게 잡수셔야지 매일 술만 마시면 어떻게 해요.”

아빠가 깡소주를 마시고 있는 큰아빠에게 염려 반 핀잔 반 썪어 참견했다.

“집사람이 사기꾼놈들하고 짜고 도망갔다고 주위에서 수군대는데 난 그렇게까지 생각하진 않아…… 식당이라도 해서 호강시켜 줄려고 했는데 그 여자나 나나 복이 이것밖에 안 되니 어쩌겠어. 지금 알거지 된 마당에 차라리 베트남에서 돌아오지 않는 게 훨씬 나은 일인지도 몰라. 대한민국에 돌아와 봐야 앞으로 더 생고생 할 텐데 뭘…….”

아빠의 충고에 대꾸 대신 큰아빠는, 고통에 찬 표정으로 중얼거렸다.

할머니가 부엌으로 들어가면서 불불거렸다.

“큰애도 나도 물렁한 게한테 물렸지…… 어린애루만 알았더니 뒤통수를 치내 나 원 참…… 처음에 시집올 때 이양 떨구 간이라두 빼줄듯 굴어서 며느리 잘 얻었다 했는데 내 아들을 저렇게 폐인 만들 줄 누가 알았겠니. 양심이 못됐지…… 애초부터 꿍꿍이속이 있어 먼 나라, 베트남에서 늙다리한테 시집온 걸 모르구…… 내가 말 가르쳐 예절 가르쳐 정성을 쏟은 것이 분하고 억울해. …… 외국 년이 그렇게 등 처먹고 등 돌릴 줄은 몰랐네…….”

할머니가 후라이팬에 들기름을 두르면서 떠난 베트남 여자를 짓씹고 또 짓씹었다.

"어머니, 떠난 사람을 자꾸 욕하고 들먹여서 뭐해요…… 제가 볼 땐 큰아빠 잘못도 있지만, 정부 잘못도 커요…… 사드 때문에 평화롭게 참외농사 잘 짓는 사람들 들쑤셔 놓아 이런 저런 일이 벌어지잖아요…… 어느 집인들 마음 편하겠어요? 암튼, 그 베트남 아가씨는 이제 인연이 아니라 생각하고 빨리 잊어버리세요."

듣고 있던 엄마가 할머니에게 한숨 섞어 말했다.

"그야 그렇지만 온다고 했으면 약속은 지켜야지…… 사람 하나 있다가 없으니까 이렇게 집이 텅 빈 것 같아…… 내가 죽기 전에 돌아오면 좋겠는데……."

할머니는 말끝을 흐렸다. 그리곤 더는 아무 말 없이 무표정한 얼굴로 묽은 밀가루 반죽에 부추와 쪽파를 얹은 전을 노릇하게 지져 채반에 담았다.

"지희야, 이거 썰어 줄게 큰아빠랑 같이 먹어."

"저 지금은 입맛이 없어요."

할머니는 더 권하지 않았다. 엄마가 파전을 썰어서 접시에 담아 쟁반에 올려 놓을 때였다. 방에서 이상한 신음 소리와 함께 쿵쿵 무언가 벽에 부딪히는 소리가 들렸다.

"이게 무슨 소리냐?"

할머니가 바삐 큰아빠 방으로 갔다.

"에구머니나 아악!"

금세 엄마의 비명소리가 다급하게 들렸다. 나도 득달같이 방으로 따라 들어갔다. 큰아빠 옆에 빈 농약병이 뒹굴고 농약 냄새가 진동했다. 큰아빠는 이미 농약을 마셔 네 방구석을 헤집고 다니면서 몸부림을 쳐 사람꼴이 아니었다. 초점 잃은 시선과 움푹 꺼진 눈두덩과 하얀 가죽을 씌워 놓은 듯한 얼굴은 전혀 딴 사람으로 보였다. 해골이나 다름없는 얼굴과 개털처럼 헝클린 흰 머리카락이 산발해 이마를 덮고 있었다.

동네사람 등에 업혀 병원으로 가는 사이, 입에 괸 게거품이 줄줄 흘러내렸다. 큰아빠는 병원에 도착하기 전에 결국 숨을 거두었다. 큰아빠는, 부지런하고 우직해서 평생 참외 비닐하우스에서 청춘을 보냈다. 참외농사는, 큰아빠의 목숨이나 마찬가지였다. 내가 평생 일궈 놓은 참외밭을 돌려 달라고, 정부를 향해 고함치는 것 같았다.

할머니가 부릅뜬 큰아빠의 눈을 감겨 주었다.

"왜 이런 흉한 꼴을 하고 생으로 가니……."

할머니가 발버둥을 치며 흐느껴 울었다. 나는 너무 무섭고 놀라 덩달아 소리 내어 울었다.

쥬얼리

1

해가 지면서 귀금속점 '쥬얼리' 간판 불을 켠 후, 유리문으로
된 출입문을 열어 환기시키고 유리 진열장에 세정제를 뿌려 마
른 걸레로 훔쳤다. 진열장 뒤로 돌아가 동그란 쇠 의자에 앉는
다. 진열장에 팔을 얹고 턱을 괸 우울한 모습과, 진열장 안에 있
는 황금과 사람들이 보석이라고 일컫는 다이아몬드, 루비, 에메
랄드, 사파이어 등 모든 것들의 화려한 광채가 허황되고 이물스
러워 보였다.

며칠 전에 순금 칠보반지를 맞추고 간 중년 여자가 반지를 찾
으러 왔다. 여자는 짜리몽땅한 키에, 반소매 하늘색 투피스를 입
고 있다. 나는, 황금에 붉은 매화 무늬 칠보가 입혀진 쌍가락지
를 진열장에서 꺼내어 투피스에게 내민다.

투피스는 왼손 약지에 껴 본다.

"내 맘에 꼭 드네유. 포장해 주슈."

나는 표면이 자주색 벨벳으로 된 네모난 케이스에 반지를 넣고 포장을 한다.

"근디, 혼자 가겔 허슈?"

투피스는 나를 의혹에 찬 눈길로 유심히 바라본다.

"아니에요. 남편은 요즘 무슨 일이 바쁜지, 가게엔 관심이 없어요. 어딜 간다고 목적지도 안 밝히고 나다녀 속상해 죽겠네요."

"그래유? 올 때마다 혼저 있길래 노처년가, 남편이 읎나, 별 상상을 다 혰네. 부부가 같이 장사 허믄 남편은 가게다가 관심 안 둬유. 나두 신발장사 헐 때 남편은 죙일 밖에서 포카나 당구루 시간 때우고 문 닫을 때 나타나 싸움만 늘구, 불경기라 그만 뒀수. 장사가 남 보기엔 편해 보여두 사람 곯게 만드는 일인디."

투피스는 저 혼자 구시렁거렸다. 투피스가 돌아간 후, 멍하니 창밖을 내다본다. '쥬얼리' 도로 건너 맞은편에 있는 숙녀복 가게 '마담포라' 쪽에 시선이 머문다. 그곳은 텔레비전 화면 속처럼 환히 보인다.

오늘, 숙녀복 가게 마담포라는 남자 주인이 가게를 본다. 서른 살을 갓 넘긴, 키가 후리후리하고 어깨판이 넓고 이목구비가 수려한 마담포라 남자는 계산대에 앉아 신문을 뒤적거리고 있다. 그의 아내는 까페에서 술을 팔던 여자였다. 얼굴이 앙증스럽도록 귀염성스런 그녀가 술 따르는 여자였다는 이유 때문에 시댁에서 극심한 반대를 했다. 마담포라 남자가 아예 가게 문을 닫고 모텔에 투숙해 시위한 지 삼 개월 만에 결혼 승낙을 받아냈다. 마담포라 여자는 연년생으로 사내아이를 둘이나 낳았지만, 시댁과 여전히 화해가 안 되었다. 여자는 늘 요요한 옷차림으로 밖으로 나돌았고 부부 싸움이 잦았다.

폐점 시간이 되어서야 마담포라 여자가 헐레벌떡 가게 안으로 들어가는 게 보인다. 지루하도록 종일 가게를 맡긴 것에 화를 내는가, 마담포라의 남자가 구겨진 종잇장처럼 얼굴을 일그러뜨리며 무어라고 나무란다. 그의 여자도 뭐라고 대꾸한다. 마담포라 남자는 곁에 놓인 무엇인가를 집어 던진다. 옷걸이였다. 아슬아슬하게 여자를 비켜간 옷걸이가 땅에 떨어진다. 마담포라 남자가 유리로 된 출입문 밖으로 나와 서서 담배를 피운다. 세상의 모든 부부가 그러하듯 지금 남자 얼굴에선, 오 년 전 여자를 데리고 잠적했던 사랑의 열정이나 설렘은 찾아볼 수 없고, 증오와 혐오가 가득한 얼굴이다. 마담포라 남자는, 시선 둘 곳을 모르다가 맞은편 '쥬얼리' 유리 상자 안에 마네킹처럼 서서 바라보고 있는 나의 눈과 마주쳤다. 마담포라 남자의 얼굴이 부부 싸움을 들킨 수치심으로 일그러진다. 나는 모르는 척 몸을 돌려 난 화분에 분무기로 물을 준다.

2

이른 아침에 달그락거리는 소리, 물 내리는 소리에 눈을 뜬다. 텁텁한 입내 때문에 침대 옆의 커텐을 활짝 걷어 올리고 창문을 열어 젖힌다. 시어머니는 욕실에서 빨래를 하고 있다.

"어머니 세탁기 돌릴 텐데 왜 손빨래로 고생하세요."

"너 일어날 때까지 심심허길래, 양말이랑 손수건 한 장 빨었다. 밤 늦게까장 불이 켜져 있능 걸 보니께 넌 늦게 잔 모양이더라…… 몸뗑이를 너무 피곤허게 허지 말구 건강 조심혀야 혀…… 건강치 못허면 돈이 무슨 필요 있겠니…… 걔는 허구헌 날 집 나가구 너 혼저 가게 보느라 힘들 텐디, 애가 읎어서 철이 읎나…… 사람은 그저 새끼두 낳아 보구 길러 봐야 부모 속두 알구 식구 귀헌 중두 아는디…… 니가 이해해라…… 그깟 자식 새끼 아무 소용 읎다. 새끼 많은 소 멍에 벗을 날 없다고 하잖니. 맘 펜히 살어. 너희들에게 자식 안 주시는 것두 다 하나님 뜻여."

'세상이 많이 달라졌어. 요즘은 애를 일부러 안 낳아 나라에서 돈 줘 가며 낳으라고 한다더라. 아무개 노인네는 며느리가 딸만 셋인디 아들 낳을 때까지 열이라두 낳으라구 호통쳤다. 느이 시아버지는 늘 타지루 돌아다니다가 애 낳으면 미역 사 들고 와 삼칠 동안 옆에서 시중들었어, 산신령한테 꽃다발 받고 낳은 게 느이 시누다.'

얼마나 허황되고 부풀린 태몽까지, 아이를 수태 못한 나에게 꾸미듯 같은 말로 위로하는 척했다. 하지만, 위로는커녕, 다른 모든 며느리들처럼 시어머니와 함께 애 낳는 경험을 나누지 못해 기가 죽었다. 아니, 한집에 오래 살아도 속이 트여지지 않는 건 여자로서 아이를 낳은 공통적인 화젯거리가 없었던 때문일 것이다. 하지만, 나는, 손주를 안고 싶어 애걸복걸하는 시어머니와는 달리 무덤덤하다. 어쩌면 무차별적인 살인과 테러와 폭력과 환경오염으로 불확실한 미래 때문에 아이가 없는 것이 다행스런 일이라고 스스로 위로하고 있는지도 몰랐다. 남편 영운 또한 마음 밑바닥에 움직일 수 없는 용한 고집과 자기 주관이 뚜렷한 사람이어서 시어머니가 안달을 부리고 극성맞게 굴어도 아이를 입양하거나, 대리모나 시험관 아기 등 아이에 관한 한 딴마음을 먹지 않는다는 걸 나는 안다. 그런데도 나는 날마다 시어머니가 달달 볶고 위로하는 척 흠뜯고 있다고만 여겨진다. 정말, 시어머니에게 괴롭힘만 당하지 않는다면 아이 문제로 우리에게 더 이상의 혼란은 없을 것만 같다.

아침 식사 후, 거실에서 영운 없이 시어머니와 갖는 티타임은 늘 버겁지만 오늘도 여느 때처럼 차를 만든다. 티브이 앞에 찻잔을 가운데 두고 시어머니 맞은편 소파에 불편스레 앉아 있다.

화면에, 국회의원들이 미국 수입 쇠고기 시식회하는 장면이 떴다.

"썩을 늠들, 한국 쇠괴기가 있는 디 왜 맛두 읎는 미국나라 쇠괴기를 사 먹으라구 선전허는 건 어느 나라 정부여."

시어머니가, 뜬금없이 불불거렸다. 글자도 모르고 깜깜무식쟁이지만 뉴스 보면서 영운과 내가 나누는 얘기를 들어 나라 돌아가는 일은 대충 알던 터였다. 아니, 정보의 시대에 시골 구석구석까지 나랏일을 모르는 국민이 어디 있겠는가.

"그러게 말이죠. 한우를 저렇게 선전해 보지. 미국 수입 쇠고기로 한우 농가들 울고 있는 건 눈에 보이지도 않나 봐요. 어이없는 일이죠."

"노인정에 갔는디 다른 노인들두 이노므 나라는 이상헌 나라라고 다들 욕허드라."

시어머니는, 쉴새없이 중얼거렸다.

3

"영운이 걔 어젯밤 늦게 왔지? 몇 시에 왔던?"

"글쎄요, 새벽에 눈뜨니까 자고 있던데요?"

아내로서 남편이 몇 시에 들어왔는지 모르는 게 미안해서 얼버무렸다. 시어머니는, 밥 먹게 영운을 깨우라고 했다. 나는, 피곤할 텐데 그냥 더 자게 내버려 두세요 하려다가 차마 어길 수 없어 방안에 들어가 흔들어 깨웠다.

"아이, 쌍, 나 좀 제발 더 자게 내버려 둬."

그는, 잠 잘 때 건드리면 싫어해 버럭 짜증내곤 돌아눕는다.

"먹을 때 같이 먹잖구 꼭 몇 번 씩 차리게 허야 속 시원허지? 재는 밥허는 즈이 에민 허깨빈 줄 아나벼……."

시어머니가 식탁에 엉덩일 붙이자마자 숟가락껏 밥을 떠 입으로 가져가며 쭝얼거린다. 나는 피로감 때문에 더더욱 무슨 음식도 당기지 않아 시어머니의 물리지 않는 먹성을 멀거니 바라본다.

"너는 워쩌면 그렇게 밥을 젓가락으루 재 집어 올리듯 께적거리네? 꽉꽉 좀 떠먹어라."

안쓰러운 눈길로 애원하지만 나는 못 들은 척한다.

그새, 발소리도 없이 주방으로 들어온 영운은, 부은 듯 부숭부숭한 얼굴과 검불처럼 산발한 머리로, 정수기 앞으로 다가간다.

"일어났어요?"

"다 잤니? 얼굴이 반쪽인 거 보니께 숫제 굶구 댕겼구먼? 별소리 다 혀두 집 나가먼 고생여. 잠자린들 내집만 허구, 반찬이 우리 집 반찬 만 허겄남?…… 너 좋아하는 무국이랑 호박전도 있다. 어서 밥 먹어라."

시어머니가 밥 푼 후 무국이 담긴 사기 냄비 뚜껑을 열며 얼떠들었다.

"저, 지금 밥 못 먹어유."

영운은, 똑 잘라 말했다. 시어머니에겐 눈도 주지 않고 물 컵에 정수기의 찬물을 받아 벌컥벌컥 들이킨다.

"한 숟가락이라두 떠먹으라니께."

"한 끼 굶는다구 죽지 않어 엄마. 배가 아파 그류. 이따 먹을 게."

노모에게 미안했던지 이내 연민 섞인 눈길로 응석 섞어 대꾸했다.

"어이구 징글징글혀. 워디 가서, 고생 찔찔허구 뭐 줏어 처먹구 들어와선 배앓구 지랄여……."

시어머니는, 냅다 들고 있던 국자를 개수통에 내팽개친다.

영운은 중학교 때 대장에 콩알만 한 혹이 있어 대장 절제 수술을 했다. 그때 놀란 시어머니는 영운이 배 아프다면 쩔쩔맸다. 뱃속이 예민해서 물을 갈아먹거나 맵고 달고 기름 범벅인 외식을 하면 설사로 화장실에 들락거렸다. 그 뒤끝엔 으레 달거리처럼 하혈을 했고 항문이 헐어 한참 침 맞고 한약으로 치료해야 조금 수나로웠다.

"넌 워쩌면 사람이 고로케도 무심허냐? 니가 에미가 있구 마누라가 있는 사람이네? 한번 나가면 소식이 감감허구 식구들 헌 틴 숫제 관심두 읎구…… 허는 헹투리가 영락읎이 집두 절두 읎는 부랑자여."

시어머니는 염소똥 같은 정로환을 손바닥에 얹어 건네주며 고 시랑거린다. 늘 그러려니 하면서도, 영운의 뱃병은 툭하면 열통을 터뜨리는 시어머니 탓이지 싶어 은근히 화가 치솟는다.

"아침부터 또 무슨 말씀이 하고 싶은 거유? 울 엄닌 무엇이든 꼭 짚고 넘어 가야 속이 시원허신가 봐."

영운은 빈정거리듯 희미하게 웃었다.

"그려어, 너는 어려서버텀두 밥 먹는 일이 펜지 잠자는 일이 펜지 토옹 물르구 저 백이 물르는 애여. 니가 원제는 에미 말 듣구 살었네?"

"그류. 저는 어머니 마음두 모르구 마누라 마음두 모르는 못 된 놈유."

"내 속으로 낳았지만 어찌 그리 못되 처먹었나 몰러."

"어머니 닮아서 그러니께 그냥 내비둬유, 이대루 살다 죽게."

영운은 지지 않고 볼멘소리를 했다. 아마 전생에 모자지간은 원수였을 것이다. 정스럽게 얼굴을 맞대고 도란거리다가도 불쑥 귀 거친 말로 상처 주고 서로 작은 실수에도 못 잡아먹어 울근불근한다. 홀어머니 손에서 자라 말이 거칠고, 불량스러운 걸까? 노모를 상대로 말싸움질하는 그는, 평소 부드럽고 조근조근하고 살가운 얼굴이 아니어서 난 경멸하듯 곁눈질한다.

"어이구, 말허는 꼬락서니 좀 봐. 세상에 퉁퉁 헌다는 소리마다 사람 염장 지르는 소리만 헌다니께…… 워째 결혼허구버텀 사람이 고렇게 변헐 수가 있다네?"

영운이 원래는 안 그랬는데 나하고 결혼하고부터 후레아들로 변했다는 소리로 들린다. 서로 불불거리는 것이 어쩌면 모자지간에 똑같을까, 볼썽사나워 점점 구겨지는 얼굴을 보이기 싫어 슬그머니 외면한다.

"어쩌면 즈이 아배와 똑같누? 서방 복 없으면 자식 복도 없다드니 옛말이 하나도 안 틀리지."

이젠 영운이 다섯 살, 시누가 세 살 때 심장마비로 돌아간 시아버지에게로 옮겨 갈 참인가. 그 무렵 생계를 떠맡은 시어머니는 시장에서 생선전을 했다. 장사치들과 서로 아등바등 부딪치다 보니 그악스러워 질 수밖에 없다고 이해하는 데는 한참이나 걸렸다. 한시도 조용할 날 없이, 말을 해도 떠들떠들하고 서로 꼬집아 뜯는 말밖에 할 줄 모르는 모자를 이해할 수 없었다. 결코 천성이 나쁜 건 아닌데 늘 짜증 섞인 말투와 아귀다툼처럼 싸움질할 때마다 바보처럼 입을 다물고 있어야 했다. 그러고 보면 영운도 그 어머니의 급한 성미를 빼닮아 속에 없는 말을 제멋대로 지껄여 놓고 후회했던 것 같다.

"이제, 그만 좀 해요."

나는, 수저를 든 채 불안한 얼굴로 영운에게 눈을 아래로 깔며 혼잣말처럼 나무란다. 시어머니는 하던 말을 그제야 뚝 그친다. 나는 식탁에서 일어선다.

"얘, 설거지는 놔둬라. 밥 그릇 두어 개 되는 디 뭬가 손 댈 게 있네?"

못 들은 척하고 행주로 싱크대 위를 문지르고 고무장갑을 낀다. 수세미에 퐁퐁을 묻혀 밥공기와 국그릇을 오랫동안 꿈지럭거리며 닦는다.

"가, 가만, 너, 목에 그게 뭐냐?"

갑자기 시어머니는, 황황히 방으로 들어가는 영운의 목덜미를 보다가 자지러지게 놀랐다.

메리야스 밖으로 드러난 통통한 목 뒤 등줄기 쪽으로 어른 손바닥 크기의 검붉은 멍은, 분명히 둔탁한 무언가에 맞거나 부딪혀 생긴 것이었다.

"아, 아니. 당신 목이 왜 그래? 다쳤어요?"

내가 눈을 홉뜨고 다그쳤다.

"아, 이거? 괜찮아. 그냥 좀 어디에 부딪혔어."

그가 아무 일도 아닌 것처럼 쌩하고 방으로 사라졌다. 나는 속으론 놀라면서도 시어머니의 생급스러움과 수다함이 싫어서 모른 척하고 식탁 위 반찬 그릇을 냉장고에 넣었다. 시어머니는 뭔가 불안한 얼굴로 뒤따라 들어가려고 주춤주춤하다가 더는 캐지 않았다.

4

"How have you been doing? 어떻게 지내십니까?, 자, 따라 해봐. 하우 해뷰 빈 두잉? 어떻게 지내십니까?"

"하우 해뷰 빈 두잉? 어떻게 지내십니까?"

영운은 조카들을 무릎 위에 앉혀 놓고 영어를 가르친다.

'쥬얼리' 유리문 안으로 들어 온 햇빛은, 낡은 에어컨의 열기와 합세해서 후텁지근하다.

나는 진열장 뒤 동그란 의자에 앉아서 그들의 평화로운 모습을 지켜본다.

"They are all very well. 모두 잘 있어요."

"데이 아 올 베리 웰. 모두 잘 있어요."

두 사내 아이 중에 유난스레 살이 올라 배, 얼굴, 종아리가 올록볼록한 작은 아이가 복창하며 영운에게 매달린다. 새 정부는 교육정책으로 조기 영어몰입 교육을 내세웠다. 영어는 언어이기 때문에 날마다 사용해야 잘할 수 있다. 감수성이 예민한 어린 아이들에게 우리 말도 다 익히기 전에 영어 교육만 강조하다 보면, 우리말도 서툴고 인성마저 잘못될 수 있다. 영어 때문에 생긴 기러기 아빠를 줄이겠다는 정부의 방침인 걸, 전 국민보고 따라 오라고 하는 것은 분명히 잘못된 정책이라고 입에 거품을 물고 반대하던 그였다. 그런데 지금 영운은, 한글도 다 모르는 조카들에게 영어를 가르친다. 앞뒤가 맞지 않는 행동을 지적하고 싶지만 근근이 참는다. 아니, 난 그들의 평화 속에 녹아들지 못해 공연히 트적질한다고 스스로 생각되어졌다.

"이제 그만하자."

영운이 긴 기지개를 켜고 소파 뒤에 팔을 두른다. 큰 아이가 손에 들고 있던 게임기를 놓치자 영운이 그걸 줍느라 엎드렸다. 목뒤에 파스가 덕지덕지 도배되어 있었다. 어딘가에 부딪혔다면서 한사코 괜찮다고 병원에도 가지 않았다.

두 아이가 등 위에 서로 올라타려고 법석을 떨어도 아프다고 하지 않는 걸 보면 다행히 심한 것 같진 않다.

큰아이가 탁자 위에 놓인 동백꽃 분재를 건드려 마사토가 쏟아진다. 사기청자 화분에 얕게 뿌리를 내린 동백꽃 분재는 통통한 줄기에 진한 녹색 잎과 봉긋한 봉오리를 달고 있어, 영운과 나는 틈만 나면 물 주고 김 빠진 맥주로 닦아 정성을 들이곤 했다.

"너희들 조용히 해, 화분을 깨뜨릴 뻔했잖아."

짜증을 섞어 날카롭게 내뱉자, 목소리가 높았던지 영운은 마치 화난 사람처럼 눈을 치뜨고 나를 꼬나보았다. 작은 아이를 목마를 태운 채였다. 나는 날카로운 눈길을 피해 분재에서 쏟아진 흙을 화분에 담고 먼지를 쓸어내고 걸레질을 했다.

영운은 작은아이를 어깨에서 떼어 내어 턱을 잡고 요리조리 돌려보며 눈을 맞춘다. 나는 맹목적인 적대감과 함께 불길 같은 질투를 느꼈다. 물 담긴 분무기의 손잡이를 꽉꽉 눌러 동백꽃 분재에 거칠게 뿌려 댄다. 마치 영운의 얼굴을 향해 쏘아 대듯이.

"당신, 점심 안 먹을 거여?"

영운은 나에게 묻고, 너희들은 삼촌이 뭘 사 줄까? 하고 아이들에게 묻는다.

"피자요!"

"치킨이요!"

"그래, 그래, 알았다."

손님 중에 아이 손님이 가장 어렵듯이 무엇을 사 줘야 어린 조카들이 좋아할까 나도 생각했다.

끼니 때 아무거나 때워도 상관없고, 으레 밥상 앞에서 살찐 큰아이를 덜 먹게 하느라 실랑이를 벌이곤 했지만 시누이에게 밥을 굶겼다는 소리는 듣고 싶지 않았다. 아이들이 동조하는 쪽을 택해 피자 가게 전화번호를 누른다.

갑자기 무엇인가 바닥에 떨어져서 깨지는 소리가 들렸다. 방심하는 사이 작은 아이가 벽에 진열용으로 걸어 놓은 벽시계를 건드린 것이다.

"너, 외숙모한테 혼나야 되겠구나. 어서 나와!"

영운이 퉁바리를 주며 눈을 부라린다. 작은아이가 입을 삐죽거리다가 울음을 터뜨렸다. 금세 가게 안은 닭장 쑤셔 놓은 듯 소란스럽다.

"다치지 않았니?"

벽시계는 깨졌지만 아이는 다친 곳이 없었다. 어쩌면 이렇게 말썽만 피우니? 그만 집으로 돌아가는 게 좋겠구나, 겉으로 내뱉고 싶은 걸 기술적으로 참아 낸다.

"너희들, 안 되겠다, 피자 먹고 삼촌이랑 집에 들어가자 아마 할머니도 지금쯤 예식장에서 돌아오셨을 거야."

영운이 대신 말했다.

유리문이 열리면서 주문한 피자가 배달되었다.

피자를 자르는 동안 여자 손님이 들어왔다.

피부가 검고 꺼칠한 여자 손님은 반소매 재색 니트 원피스를 입고 있다. 근교에서 농사를 짓고 있어 고장 난 시계를 고치러 오기도 하고, 아기 반지를 여러 번 사러 와서 낯이 익은 중년 여자였다. 여자가 입은 니트는 우중충하고 두꺼워, 햇볕이 쨍쨍 내리쬐는 바깥 날씨와 실내의 후텁지근한 공기 때문에 더욱 덥고 뒤퉁스러워 보였다.

"오셨어요?"

영운과 내가 동시에 니트에게 인사를 했다.

"요샌 18K 한 돈에 월마나 허유?…… 아기 목거리 혀논 거 있쥬? 내일이 손자 돎인디 반지는 말구 십팔금 목걸이를 해 달라느먼 그류."

니트의 주문대로 영운은 목걸이를 케이스에 넣고 색동 빤짝 포장지에 차례로 싸 놓았다. 나는 피자 한 조각을 냅킨에 싸서 니트에게 건넨다. 그녀는 피자 위에 붙은 햄 조각을 입에 넣고 짜금거리며 가게 안을 휘둥그레 둘러본다.

"어허? 이 집은 자꾸 부자 되네? 이 돈 다 벌어서 워디다 쓴댜?…… 새댁은 아직 아무 소식 읎능규? 몸이 난 것 보니께 좋은 소식 있나 보구먼."

느닷없이 아무렇지도 않은 나의 아랫배를 걸터듬었다.

"아이, 왜 이러세욧!"

나는 엉겁결에 털벌레를 털어 내 듯 매몰차게 뿌리쳤다.

"어이, 깜짝여, 놀라 자빠질 뻔혔네. 보매는 싹싹해 뵈는디 워쩌먼 그렇게 쌀쌀맞댜. 별 일이야…… 나는 아무 상관 읎는 넘이라두 애 읎는 새댁이 안타까워서 그랬수…… 애 낳아서 키우구 가르치는 재미두 큰디 그걸 물르구 사능 게 안돼 보여서 말유. 그런디 워쩌먼 덴불뎅이 떼내 버리듯 고렇게 싸납댜. 츠암내……."

니트가 씩둑대며 못마땅스럽게 바라보았다.

"부탁인데요? 앞으론 절대 그런 관심 안 가져 주셨음 해요. 저, 일부러 안 낳거든요?"

나는 점점 단순해져서 야멸스레 지껄인다. 밉살스러워 보인다는 걸 잘 알지만 바로 수습이 안되었다.

영운은 진열장 앞에서 어쩌면 저렇게 철딱서니 없는 어린애 같을까 딱하게 바라보았다.

아이들은 입술 언저리에 토마토케첩을 벌겋게 묻히며 게걸스레 먹어 댔다.

"아주머니, 여기 있습니다."

영운이 색동 포장지에 싼 목걸이 케이스를 종이 백에 넣어 내밀자, 니트가 발딱 몸을 일으킨다. 치켜 올라간 눈꼬리와 샐쭉한 입매로 얼마냐고 퉁명스레 묻곤, 돈을 세어 아니꼬운 듯 진열장 위에 내팽개쳤다.

"고맙습니다, 안녕히 가슈."

영운은 손바닥을 맞잡고 뒤꼭지에 대고 비굴하게 굽실거렸다. 누가 아이 말만 하면 신경이 쇠꼬챙이처럼 날카로워지는 자신이 죽고 싶도록 싫었다. 영운의 곱지 않은 눈길을 의식한 나는, 아까보다 더욱 과장스럽게 다정하고 부드러운 낯빛으로 피자 상자를 아이들 앞에 당겨 놓아 준다.

"체하지 않게 꼭꼭 씹어 먹어야 해. 당신도 이것 한 쪽 드셔 볼래요? 이 집 피자 참 맛있네."

"생각 읎어."

"왜? 화났어? 손님에게 불손하게 대해서 그래?"

"사람이 왜 그려? 뾰루퉁한 태도가 뭐냐구? 그러다가 손님 다 떨어지겠어."

영운이 눈꼬리를 꼬부라뜨리며 표독스레 쏴붙였다.

"나도 사람이야, 기분 나쁘게 왜 남의 배를 더듬적거려? 그런 일을 당하고도 무조건 예, 예, 하란 말이야?"

"부당한 일 앞에서는 바른말 할 수도 있지만 아이 말만 꺼내면 괜히 날카로워지잖아. 한동네에서 모두 당신에게 관심이 있고, 애정이 있어서 그러는 거지. 좀 더 성숙해 봐. 평생 애 이야기 나올 때마다 그런 식으로 사람을 삐딱하게 대할 거여?"

영운의 말이 옳았다. 나는 수박처럼 배부른 임산부만 봐도, 해

산의 고통에 누렇게 뜬 여자를 봐도, 아이가 귀찮아 몸서리치는 여자를 봐도 우울해졌다. 아니, 그가 태평스럽게 조카들을 끼고 노닥거리는 것을 보면 더더욱 마음이 토라졌다.

그가 아이들과 집으로 들어가고, 폐점 시간이 가까워짐에 따라 피로와 허전함이 몰려왔다.

유리문을 잠그고 도난 경보기 작동 후 택시를 탔다. 집으로 가는 길은, 도살장으로 끌려가는 것처럼 싫었다. 시어머니와 남편이 오늘처럼 조카들에게 휩싸여 있을 때는 더욱 그랬다. 아니, 차라리 그들로부터 멀리 도망치고 싶었다. 가로등이 빛나는 밤거리를 보자 시야가 자꾸 흐려진다. 세상이 어둡고 꿈이 없는 그림 같다. 차창에 비친 모습을 바라본다. 완강히 다문 입술, 고집 있는 눈빛. 무뚝뚝한 얼굴. 나는, 자궁 발육 부진으로 아이를 못 낳았다. 영운의 말처럼 나는 아이 때문에, 아이를 못 낳아서 피해의식에 사로잡혀 있는 건가? 마음이 실타래처럼 엉켜질수록 울고 싶은 것을 이를 악물고 참아 낸다.

집에 들어가자마자, 늦은 저녁을 먹었다. 쟁반 위에 키위를 깎고 냉동실에서 아이스크림을 유리그릇에 덜고 스푼을 얹어 거실로 나간다. 아이들은 게임에 정신이 팔려 거들떠도 안 본다. 시어머니와 영운은 YTN 뉴스에, 연일 두 달째 미국 쇠고기 수입 반대 촛불 문화제를 경찰이 강제 진압하는 장면에 시선을 주고 있다.

"한국 민주주의는 선조들의 피를 먹고 자랐어. 그런데 이 정부는, 민주주의 역사를 21년 전으로 되돌려 놓으려고 해. 평화적으로 촛불 든 국민에게 살수차와 방패로 강제 진압은 왜 해. 한심한 것들."

영운이 혼잣말처럼 짓씹어 뱉었다.

"저러다가 촛불 든 사람만 다칠 것 같아. 정부가 하는 일을 국민들 마음대로 바꿀 수 있다면야 뭐가 걱정이겠어. 대통령은 눈도 안 떠보잖아."

내가 아이스크림 든 그릇을 내려놓으며 한마디 거들었다.

"그래도 촛불을 들어야지. 어른들은, 우리 아이들이 어떻게 건강한 민주주의를 가꾸고 있는지 보여 줘야 해. 지도자를 잘못 뽑으면 국민들이 고생하기 때문에, 도덕성이 없는 위정자는 절대로 뽑지 말고 민주주의를 수호할 수 있는 지도자를 뽑도록 가르쳐야 하고."

그가 단호하게 말했다.

"얘들아! 외숙모가 아이스크림 가져 왔는디 늬들 이거 안 먹을래?"

시어머니가 아이를 집적거리는 바람에 촛불 얘기는 더 할 수 없었다.

"쟤가 뭐라는 줄 알아? 당신 방에 있는 인형 머리를 빗기면서 '인형이 꼭 우리 외숙모를 닮아 이쁘다, 고 중얼거렸어. 즈이들

눈에두 당신이 최고 이뻐 보이나 봐."

영운은 말해 놓고 저 혼자 하하 웃는다.

처음에 아는 지인으로부터 그를 소개받았고, 결혼은 만난 지
몇 달 만에 아주 잠깐 사이에 이루어졌다. 영운은 나를 여왕 떠
받들듯 했다. 나는, 그의 대쪽 같은 성격을 싫어하면서도 좋아
하기도 했다. 그가 어렸을 때 편모슬하 밑에서 느꼈을 아픔과
사회적인 소외감과 고립감, 고독, 그런 이유들에 대한 이해의 폭
도 포함되었다. 나도 어린 시절에 친정어머니가 일찍 돌아가셔 늘
어둡고 침울했듯이 그를 향한 동류의식 같은 걸로 혹시 그에게
있을 나쁜 부분까지 난 이해하고 보듬고 싶었다. 그는 매섭게
째진 눈과 히스테릭하고 날카로운 인상과는 달리, 마음속엔 늘
맑은 강이 흘렀다. 마음 적으로는 늘 그를 위해서라면 나는 어
떻게 되든 상관없다는 생각도 한다.

나는 그가 아이들을 보며 하하 웃길래 재미있어서 덩달아 웃
어 보이곤 방으로 들어온다.

5

출근하기 위해 화장하는 동안 현관문 앞에서 두어 번 낮고 둔
탁한 망치 소리가 들렸다. 조카들이 망치를 가지고, 화단에 장식
해 놓은 축소 된 금강산 모양의 수석을 두드리는 모습이 방안
창문으로 보였다.

"애, 아서라…… 늬들은 왜 그럭케 극성맞네? 잠시두 가만 있질 뭇허구서 이것저것 안 만지능 게 읎어. 너희들 삼촌한테 혼난다."

시어머니가 문밖에 대고 목통껏 소리쳤다.

"저, 저런 저 녀석들."

현관문을 열던 영운이 얼굴을 찡그린다. 영운은 아이들이 오면 좋아하는 것은 잠깐이고 귀찮아 할 때가 더 많았다. 아이들은 화단을 함부로 왔다갔다하면서 나무를 부러뜨리고 꽃을 망가뜨려 놓아 언제나 그 자리를 마땅찮은 눈길로 살펴보곤 했다.

"너희들 빨리 삼촌 차에 타 봐."

가게로 출근하기 위해 단장을 끝냈을 때 차고에서 영운의 목소리가 들렸다.

영운은 시동을 건 후 아이들과 함께 차 안에서 기다리고 있었다. 나는 부루퉁한 얼굴로 조수석에 올라탔다.

"조카들 한 이틀 정도 데리고 놀다 올 테니까 당신이 어려워도 어머니와 함께 가게 잘 보고 있어. 어머니, 저 애들 데리고 어디 좀 다녀올 게요."

어딜 가느냐고 내겐 물을 틈도 주지 않고 그가, 차창밖에 서 있는 시어머니에게 소리쳤다.

"또 워디 간다구? 도대체 허구헌날 워딜 싸돌아댕여? 하루라두 가게에 붙어 있으면 워다가 덧나나?"

시어머니가 영운을 쳐다보며 씨월거렸다.

옆 자리에 탄 나에게 눈길도 주지 않고 생각에 잠긴 날카로운 옆모습을 보자, 불쑥 화가 솟구쳤다. 아이들 있는 데서 그가 발끈 할까 봐 조심스레 어디를 가느냐고 물었다.

"아이들이랑 잠시 다녀올 데가 있어. 갔다 와서 얘기해 줄게."

그는 무심한 듯 무뚝뚝하고 짧게 대꾸했다.

"늬들 외숙모에게 잘 다녀오겠다고 인사 안 혀?"

참견하자,

"안녕히 계세요. 다녀오겠습니다."

아이들이 꾸벅 고개를 숙여 인사한다.

"그래, 삼촌이랑 잘 다녀 와."

나는 좀 더 애써 너그러운 미소로 답한다. 그런 자신의 얼굴에서 어떤 가면이 느껴진다. 그는 아이들은 차에 잠시 놔둔 채 '쥬얼리'로 따라 들어왔다. 에어컨을 켜 주고 환기를 시키고 삐뚤어진 소파를 바로 잡아 주고, 진열장 위에 흩어진 반지 카다로그를 정리해 주었다.

"가게가 답답하면 당신도 너무 매어 있지 말고 문 닫고 나가서 훨훨 바람 쐬고 와."

내 눈치를 살피던 그가, 나직하게 말했다. 나는 들은 체도 않고 짜증스레 이맛살부터 잔뜩 구겼다. 누구든 자기 일에 만족하는 사람이 어디 있을까. 마음에 안 들지만 다들 묵묵히 잘 견뎌내지 않는가. 그걸 견디지 못하고 가게를 벗어날 궁리부터 하는 영웅이야 말로 소년도 아니고, 아저씨도 아닌 몽롱한 꿈속에서 살고 있는 비현실적인 사람 같이 느껴졌다. 아이 때문에 그럴까? 시어머니 말처럼 아이가 없어서 밖으로 나돌까? 순식간에 수많은 생각들이 스쳐갔다.

"아이 때문에 밖으로만 나도는 거야? 맞아요?"

나는 유리문을 나가는 그의 등 뒤에 대고 살뚱맞게 쏴붙였다. 돌연, 아이 때문이냐고 따지듯이 묻는 나와의 대화에 한계 같은 것을 느끼는지 돌아선 그의 얼굴에 낭패감이 스쳤다.

"이런 당신헌테 내가 무슨 얘길 허겠어…… 내가 지금껏 당신에게 한 마디라도 애 얘길 꺼낸 적이 있어? 당신은 매사에 아이와 연결해서 생각허구 판단하려 들어. 자격지심에만 빠져서 한 번도 내가 어떤 고민을 하고, 어떤 생각을 하고 있는지 헤아려 보기나 했어? 모든 걸 아이와 연관시키고, 어느 때는 꼭 정신병자 같애. 잠재의식 속에 그 노므 아이, 아이, 그래서 어쨌다는 거여? 그렇게 아이가 원이라면 요즘같이 복제 인간도 만든다는 세상에 그깟 아이 하나 못 만들겠어? 대리모든 시험관 아기든 돈 들여서 낳지, 그렇게 평생 혼자 병든 마음으로 살 거여?"

"당신이 그렇게 훌쩍 떠나면 남아 있는 사람은 어떻게 되든 상관이 없다는 거야? 어머님이 얼마나 걱정하시는 줄 알아?"

나는, 생뚱맞게 시어머니 핑계를 댔다.

그는 더는 싸우기 싫다는 듯 득달같이 횡 나가 버렸다.

나는 우울한 얼굴로 '쥬얼리' 유리문 밖을 내다본다. 진열하기는커녕 꼼짝도 하기 싫다. 멍하니 진열장 뒤쪽에 붙은 거울 속에 비친 모습을 바라본다.

영운은 자식이 없어서 자포자기하는 건가? 그래서 가정을 때려 엎고 나에게서 멀리 달아나고 싶어 발광하는지도 모른다는 생각이 들었다.

진열장 뒤에 새우처럼 구부리고 눕는다. 할로겐 램프에 매달린 불빛에 눈이 시리다. 눈을 감자, 밖에서 자동차 경적 소리가 간간이 들린다. '골라, 골라…… 생태가 한 마리에 이천 원이요……' 시장 쪽에서 장사치들의 외침 소리가 어렴풋하게 들린다. 다시 눈을 떠 샹드리아 불빛의 허공을 망연히 바라본다. 가게는 갑갑하고 어두운 무덤 속 같다. 세상과 아득히 격리되어 있는 고립감을 버릴 수 없다.

그가 밖에 나가면 전혀 스캔들이 없다고는 생각지 않는다. 그의 주변에 많은 사람들이 있고 타의든 자의든 우연이든 필연이든 세상엔 부도덕한 사람 투성이고 게다가 모험심도 강하다. 하지만, 굳이 그가 나가서 어떤 일을 하든 어떤 사건을 벌이든 알려고 하지도 않았고 알 필요도 없었다. 그건 그에게 무관심해서라기보다 그를 존중해 주고 싶었고 나가면 내 남편이 아니라 생각하니까. 하지만, 최소한 목적지는 알고 있어야 안심을 할 게 아닌가? 엄밀히 따지면 가게를 내팽개치고 돌아다니는 그는, 생활

력도 없고 능력도 없고 무책임한 사람임에 틀림없다고 새록새록 부아가 치밀었다. 종일 이런저런 손님이 드나드는 바람에 오후엔 몹시 피곤했다.

저녁이 되자, 뜬금없이 애 이야길 꺼낼 게 아니라, 격일제로 가게를 보면 어떠냐고 제의할 걸 그랬나, 나 혼자 손님들하고 씨름하는 것도 한계점에 왔고, 언제까지 답답한 가게에서 징역살이 할 순 없다고, 단 한 시간만이라도 내 시간을 달라고 간절히 말할 걸 생뚱맞은 말로 그를 괴롭힌 게 후회되었다.

6

남자 손님이 들어왔다.

"며칠 전에 사장님께, 남자 오닉스 반지 고치라구 맡긴 것 찾으러 왔슈."

진열장 밑 서랍에서 망가진 반지를 찾았다. 알이 빠져나간 채 그대로였다.

"아저씨, 일이 완성되지 않았어요. 남편이 받아 놓고 미처 제게 얘길 않고 가 버렸나 봐요. 죄송해요."

"괜찮습니다. 급한 건 아니니 천천히 해 놓으슈."

말하면서 남자는, 소파에 몸을 던졌다.

"혹시 커피 좋아하시면 한 잔 드릴까요?"

실은 커피 생각이 간절했던 터였다.

"좋죠. 그렇잖아도 커피 마시고 싶었는데……."

인스턴트커피를 타는 동안 남자 손님은 티비에서 눈을 떼지 않는다.

티비 화면 속에 촛불 문화제 정경이 잠시 떴다. 남자는 갑자기 촛불 문화제에 대해서 떠들었다.

"한국 사람은 그저 엄하게 싹 투드려야 허유. 그동안 너무 법이 물렀어. 개뿔이나 처먹고 헐 짓이 옰으니께 촛불 들구 저 지랄들 헌다니께. 무슨 민주주의? 광우병 쇠고기 그동안 우리가 뷔페나, 결혼식집이서 먹던 그 쇠괴기유. 그거 먹구 누구 하나 병들거나 죽은 사람 있슈? 괜한 트집이지. 저러면 경제가 엉망 되지, 나라에서 하는 일을 즈들이 뭘 안다고 간섭이여."

남자는 묻지도 않는 말을 혼자 지껄였다.

"아니죠, 저 사람들 아무 의식도 없이 누구에게 선동되어서 촛불 드는 거 아니어요. 광우병도 유언비어나 괴담이 아니라 근거 있는 얘기구요. 본국에서도 리콜 사태가 빈번하게 일어나고, 아직 과학적으로 증명되지 않은 병이라 더욱 위험한 것 아니겠어요. 이 시대를 살고 다음 세대에게 물려줘야 할 우리 정부가 불의를 저지르는 걸 보고도 수수방관할 수 없잖아요. 어떤 정책들을 내놓을 때 충분한 토론을 거치고 국민과 대화를 해야 한다고 생각해요. 촛불 들고 그것을 외치고 있는 것뿐이어요."

나는 말해 놓고 같은 나라에서 촛불 들고 있는 사람을 바라보는 시각이 어쩌면 저렇게 다를 수 있을까 실망스러웠다.

달러 가치 하락, 고유가, 미국 부동산 붕괴 등은 미리 예고된 일이어서 7% 경제 성장은 실현성이 매우 낮음에도 불구하고, 경제를 살리겠다는 슬로건에 속아 도덕성이 없는 대통령을 뽑았다. 정부는, 광우병 위험 물질이 있는 부위까지 수입하기로 했고, 국민들은, 미국 쇠고기에 대한 재협상을 요구하는 촛불 집회를 가졌다.

말하자면 촛불 집회는, 국민의 건강보다 미국의 이익을 더 먼저 생각하고, 국민의 생존권보다 기업의 돈벌이를 더 걱정하는 대통령에 대한 시위였다. 국민의 1%밖에 안 되는, 일부 기업인을 위한 정책만 하는, 반서민적인 현 정권에 대한 실망과 분노의 함성이었다. 나라 발전에 치명적으로 방해되는 대운하와, 이미 선진국에서도 실패한, 의료, 수도, 전기, 가스 등 공기업 민영화와, 그로 인해 우리 서민이 고스란히 떠안게 될 근심과, 국민이 닥칠 생활고에 빠지지 않기 위한 두려움과 저항의 절규였다. 정권이 나라를 물 말아먹고, 나라를 다 망친 다음에, 미안하다 잘못했다 실수했다, 사과만 반복한다면 되겠는가? 그땐 이미 너무 늦어서 국민들의 생활만 점점 더 어려워질 것이다.

과거에는 무식해 정치에 관심을 둔 적이 없지만, 국가의 미래가 잘못되고 민주주의 발전에 방해되는 일이라면 언제든지 촛불 들 생각이다. 영운도 차라리 촛불 집회나 참석하지 엉뚱한 곳만 돌아다니는 것이 미워지기까지 했다.

"시내서 이런 보석가게 가지고 있는 아줌니는 좋겄슈. 바쁘게 잔손을 움직여야 헐 일두 읎구 손님 오믄 차 마시구, 반지 마음 대로 껴 보구 반지두 팔구, 쳐다만 보구 있으믄 안 먹어두 배부르겄네. 인형처럼 예쁘시구…… 나는 저쪽 초등핵교 교문 앞이서 문방구 허는디 애들 코 묻은 돈 줍는 것두 진력나유. 가르칠 애들만 읎으먼 지금이라두 당장 그만 두구 싶은디…… 무자식이 상팔자라는디 아주 읎으면 또 쓸쓸헐 거 같구……."

남자의 혼잣말에 대꾸할 말이 없어 나는 입모습으로만 웃었다.

"두 분 나란히 장사하능 거 봤슈. 나는, 누워서 똥 싸는 여편네라두 있었으면 좋겄어유. 있을 때는 잘 몰러유. 죽구나니께 그 세력이 크대유."

남자는, 두서없이 필요 없는 말까지 덧붙였다.

이 세상에 영운이 없다면 내 인생은 어떻게 되었을까? 혹시 영운이 바람나서 나돌아 다니는 걸까? 그래도, 내 쪽에서 먼저 영운을 포기하지 않을 것이다. 나는 속으로 그렇게 외쳤다.

어깨를 짓누르는 피로감과 영운이 어디에 무슨 일로 갔는지 궁금해서 무슨 말이고 귀에 들어오지 않아 창밖을 보며 커피 만 홀짝거린다.

"차 잘 마셨슈. 안녕히 계슈."

멍하니 딴 생각을 하고 건성으로 대하자, 남자는 머쓱한 듯

나가 버렸다.

다음날, 점심 무렵, 영운에게서 전화가 왔다.

"나야……."

"……"

"미안해. 애들 동생네로 데려다 주고, 조금 있다가 가게로 갈게. 실은 나, 아이들에게 촛불 문화제 보여 주고 싶어서 서울에 갔다 왔어. 엊그제처럼 목을 방패로 맞거나 살수차로 맞진 않았으니까 걱정하지 마."

의외로 평온한 목소리였다. 그러면 그렇지. 영운이 촛불을 모른 척할 리가 없었다. 그는, 나라가 위기에 처해 있을 때마다 나라를 지키기 위해 목숨을 바친 조상들이나, 선배들, 혹은 후배들 앞에서 늘 미안하고 고맙게 생각했었으니까.

덩치가 큰 그는, 앞으로 나아가 여자와 노약자들 대신 전경의 물 대포와 방패를 몸으로 막아 냈을 게 뻔했다. 지난 며칠 동안, 실없는 투정과 잔소리로 그를 긁고 아프게 한 것이 미안하고 가슴 저렸다. 그러고 보면 촛불은, 영운에겐 생소할 것 같지만 가장 잘 어울렸다. 의협심 강하고 카리스마 넘치고 성깔 있는 그로서 당연한 일이었다. 영운의 삶이 실패하지 않은 것 같아 한 줄기 눈물이 주루룩 흘러내린다. 결혼 후 지금까지 단 한 번도 그를 행복하게 해 준 적이 없어 이제부터라도 잘해야지 하는 생각이 들었다.

지금 새 정부의 언론 통제와 여러 가지 불투명한 정책 등을 볼 때 뭔가 석연치 않고 불안한 마음을 떨칠 수 없다. 새삼, 우리 부부에게 아이가 없는 것이 아니라, 대한민국의, 모든 아이들이 바로 내 자식이라는 의식이 가슴 뜨겁게 사무쳐왔다. 우리 자식들에게 좋은 나라를 물려주기 위해서, 국민의 목소리에 귀 기울일 때까지, 나도 촛불을 드는 데 힘을 모으고 싶은 마음이 간절했다.

화이트 캐슬

1

여자가 집을 떠나오던 날도 남편은 소파에서 티브이 개그 프로를 보다가 졸고 있었다. 그는 움직이지 않고 새우처럼 구부려 있는 것이, 사람이 아니라 한 마리 큰 벌레처럼 보였다.

그가 하는 일이라곤 채팅이나, 주식 공부 한답시고 인터넷에 눈을 박고 있거나 종일 티브이 앞에서 졸거나 소파에, 혹은 잠옷 입고 침대 위에 누웠다 일어났다 하는 게 전부였다. 누구도 만나지 않았고 외출도 하지 않았다. 여자가, 재미 삼아 주식 사보라고 종잣돈으로 몇 백만 원 줬지만, 십 원어치도 못 사고 주머니에 넣고 쏠락쏠락 다 써 버리고 말았다.

사업할 게 없나 미국, 중국, 일본, 남미를 수시로 다녀올 때만 해도 여자는, 남편이 혹시나 곰이 재주 부리듯 사업거리를 가져

와서 뭔가 자신에게 딱 맞는 일을 시작해 볼지도 모른다는 기대
감에 부풀어 있었다. 하지만, 어디에 썼는지 돌아올 땐 늘 빈 털
털이였다.

여자는, 친정어머니에게, '세상에 저렇게 무위도식하는 남자가
어딨어. 명문대 나오고 유학까지 다녀왔으면서 어떻게 문밖엘 못
나가? 바람피워도 다 눈 감아 줄게 밖에 좀 나가 보라고 해도
안 나가. 그런 말도 모르나 봐. 요즘 젊은 여자들은 블로그에,
집에서 두 끼 먹는 남자는 두식이, 밥 세 끼 먹는 남자는 개새끼
고, 밥 세 끼 다 먹고 간식까지 챙겨 먹는 남자는 시발새끼라고
드러내 놓고 쌍욕을 쓴다는데, 매일 집에만 있어. 답답해서 머리
가슴 전신이 다 썩어 문드러졌어. 내가 죽으면 스트레스로 암 걸
려 죽었다 생각해.' 이러고 하소연했다.

친정어머니는, 늦게 들어와도 밥을 안 해 줘도 굶는 법이 있나,
어디 간들 캐묻기를 하나. 천하에 너희 서방 같은 사람이 어딨니.
니 성질 더러운 거 다 참아 주는데 그리 불만이 많니. 한두 해도
아니고 평생 그렇게 살아온 걸 새삼스럽게 왜 그래.' 했다.

그런 친정어머니가 야속하고 답답해서 혼자 엉엉 운 적도 있
다. 실은, 아무리 생각해도 남편이 돈 버는 재주가 없는 것 빼고
는 딱히 잘못한 것도 없었다. 이젠 미워하지도 답답해하지도 않
기로 결심했다. 벌레 보듯 쳐다보던 눈길도, 독 오른 독사 눈 뜨
듯하던 것도 옛말이었다. 그저, 소 닭 보듯 했다.

여자는 새벽잠이 없다. 자다가 문득 눈떠 잠옷 바람으로 거실에서 마주친 남편은 정신병원에 입원한 환자 같이 섬뜩하게 느껴졌다.

"강 교수님이 지방에 있는 절에 단청 올리러 가신다고 했는데 따라 가도 되죠? 이번엔 좀 오래 걸릴 거야."

여자가 잠이 묻은 얼굴로 불쑥 말하자, 남편이 뜨악한 얼굴로 바라보았다. 오래 집을 비운다는 말에 잠깐 미간에 주름을 모은 것 빼고는 그닥 싫은 표정도 아니었다. 그는, 원래부터도 시시콜콜 잔소리하고 소가 웃는 이야기까지 하는 스타일은 아니었다. 병적으로 말이 없는 그여서 무슨 일이든 목소리 높여 싸울 필요까진 없었다.

"나한테 할 얘기 없어요?"

"할 말이 머가 있노, 나는 집이 좋고, 당신은 집을 싫어하자나? 걱정 말고 갔다 온나."

늘 이런 식이었다.

차는 가지고 나오지 않았다. 지하철을 타고 사무실에 도착하니 점심때가 지난 뒤였다. 창고 같은 사무실엔, 단청을 함께 했던 남자 동료와 강 교수가 모처럼 한가히 앉아 있었다. 여자는, 그동안 강 교수를 도와 가까운 사찰에 탱화를 그리고 단청을 했다. 탱화는 불상 뒤에 걸어 두기 위해 부처상이나 부처의 일생을 그리는 것을 말하고, 단청은, 법당 안과 법당 밖의 목재에, 방습과 방충과 방부로 인한 훼손을 막기 위해 아교를 섞은 안료로 다양한 기호와 문자 등을 문양화해서 인류가 염원하고 추구해 온 내세의 세계를 상징적인 무늬로 화려하고 정교하게 채색하는 일이었다.

그것들은, 소리 없는 법문과도 같아서 오랜 숙련과 기술을 요했다. 비록 그녀가 하는 일은, 탱화의 기본색인 홍색과 녹색, 단청은 한국 전통 색인 오방색 즉, 빨강, 노랑, 파랑, 흰색, 검정을 기본으로 하여 묽게 여러 번 덧칠하는 일밖에 해 본 적이 없지만 붓질 하나에 조심스럽고 숙연했다.

한때는 제대로 배워 전문가가 되고 싶은 마음이 간절했지만 전통을 잇는다는 것이 어렵고 긴 인고의 세월을 견뎌야 하는 것이 쉽지 않음으로 여자는 자신이 없었다. 그녀는 미술을 전공했고 대학에서 교내 미술상을 받은 적이 있다. 하지만, 남편을 만나 결혼할 때, 소중하게 넣어 온 붓 한 자루를 한 번도 꺼내 본 적이 없었다. 아니, 남편이 공부하는 동안 일본에서 보낸 육 년은, 딸 아이의 손을 잡고 집들이 다닥다닥 붙은 동네를 수도 없이 들락거리고 콘비니로 은행으로 한 장소를 뱅뱅 돌다가 돌아온 기억밖엔 없다. 그러는 동안 붓을 꺼내 보기는커녕 어디에 뒀는지 조차 가물가물했다.

테이블 위에는, 그동안 완성되고 나서 찍은 단청 사진과 팜플

랫을 너절하게 펼쳐 놓고 있는 걸 보아 회의 중인 것 같았다.

"한영희 씨, 지난번에 탱화 그린 수고비는, 통장에 넣었는데 확인해 봤어요?"

강 교수가 여자를 보며 물었다.

"아뇨, 채크해 봐야죠. 실은, 이번 단청 올리러 가실 때 저도 좀 데리고 가십사하고 부탁하려고 왔어요."

전국을 돌아다니면서 단청을 하는 그는, 능숙하고 꼼꼼하고 독특해서 대체적으로 능력 있는 전문가란 평을 받고 있었다. 이번에 경상도 쪽에 있는 어느 사찰에 간다는 소문을 들었던 것이다.

"그건 좀 곤란해요. 숙소도 그렇고 이번엔 함께 갈 사람이 따로 정해져 있어요."

강 교수가 딱 잘라 말했다. 아무리 얼치기지만 대놓고 무시하고 소외시키는 것 같아 여자는 당황했다. 하지만, 여자는 이내 그것을 수긍했다. 그도 그럴 것이 네 명의 남자 속에 여자가 끼면 방도 하나 더 얻어야 하고 그렇다고 함부로 대할 수 없는 나이 많은 유부녀고, 탐탁치않게 여긴다는 걸 여자 자신도 잘 알았다. 여자는 매번, 그들을 따라 다니면서도 전문가가 되지 못한 열등감 때문에 시키는 대로만 했다. 강 교수가 덮어 놓고 무시해도 여자는 할 말이 없었다. 처음 단청을 시작할 때도 그랬고 일하는 동안에도 늘 그랬다.

"잠자리 정도는 제가 해결해 볼게 데리고 가시면 안 돼요?"

여자의 말에 아니나 다를까 강 교수가 차가운 얼굴로 테이블에 놓인 팜플렛을 주섬주섬 챙겨 가방 안에 대충 넣고 후딱 나가 버렸다. 옆에서 아까부터 잠자코 듣고 있던 다른 남자 동료가 여자의 옆얼굴을 흘깃거렸다. 다니던 헬스도 맛사지도 운동도 하지 않고 방치해 전혀 다른 몸이 되어 버린 여자는, 수치심따위도 느끼지 않았다. 모든 스트레스를 먹는 걸로 풀려고 했다. 국수에 빵에 밥에 자다가도 깨어 걸신들린 듯이 먹어 대곤 포만감에 저도 모르게 눈을 감아야 얕은 잠이라도 잘 수 있었고 그나마 다음날 일어날 수 있었다. 그렇지 않으면 남편처럼 그녀도 밤새 뜬눈으로 몽유병환자처럼 집안을 떠돌다가 지쳐 쓰러져 옴나위를 못했을 것이다.

동료는, 여우꼬리 같은 긴 머리와 청바지에 감춰진 물렁한 허벅지와 손바닥 만한 이어링으로 치장한 여자의 귓볼에 머물렀다. 같은 또래의 여자들은 더디 늙지만 겉늙어 버려 흰 머리카락이 듬성듬성 나 있고 눈알이 뻑뻑하고, 입이 마를 때도 있었다.

그래도 삼 년을 같은 현장에서, 단청을 해 왔는데 더 들어 볼 것도 생각해 볼 것도 없이 무시하듯 바삐 나가는 강 교수의 행동이 새록새록 서운했다. 강 교수는 묵묵히 그 바닥에서 같이 일해 온 사람이고, 적어도 돈만 아는 사람이 아니라 상식과 원칙 속에서 단청을 해온 그여서 스승처럼 잘 따랐던 터였다. 어쩌면 얼치기 칠쟁이로 늙어 버린 자신에게 더욱 화를 내고 있는지도 몰랐다.

"한 여사님, 강 교수는 한번 아니라면 아녀요. 제가 아는데 한 군데 소개할 텐데 가시겠어요? 충남 보령인데 숙소도 마련되어 있고, 경치 좋고, 일이 단청과는 좀 다르지만, 여행하길 즐기시니 바다 여행 삼아 가시면 괜찮을 것 같은데요."

동료의 말에 여자의 귀가 번쩍 뜨였다.

"일 종류와 상관없이 전 어디든지 갈 수 있으니까 꼭 좀 소개해 주세요. 집을 떠나 있고 싶어요."

여자가 애원조로 말했다.

2

여자는 허름한 재색 남방에 청바지를 입고 숙소로 잡은 원룸인 '화이트 캐슬'을 나섰다. 허허 벌판에 쇠기둥에 비닐을 씌워 만든 구조물과 컨테이너 박스는, 눈앞에 빤히 보여 가까울 것 같지만, 한참을 선그라스도 없이 햇볕이 쨍쨍 쬐는 벌판과 논둑을 지나야 했다. 여자는, 슬레이트 조립식 건물과 컨테이너 박스로 된 창고 같은 건물이 드문드문 있는 곳을 향해 앞만 보고 걸었다. 주위에 건초를 걷어 낸 푸석푸석한 땅을 헤집어 놓은 곳에 컨테이너 박스가 나타났다. 주변은 지저분하고 쓰레기가 썩어 악취와 논 비린내가 심했다. 아니, 죽은 쥐와 고양이가 썩어 둥둥 떠다니는 웅덩이도 있었다. 두 동으로 된 컨테이너 박스 입구에 '보살석물'이란 간판이 보였다.

두 동 중에 앞 쪽 건물은, 남자들이 염료를 끓여서 틀에 부어 불상과 동자상, 선녀상, 산신상 등 불교용품 상점에 납품할 것들을 만들었다. 주로 단골 고객은 절이나, 만신들이 신당을 꾸밀 때 사가곤 했다.

뒤쪽으로 들어가자, 여섯 명의 고만고만한 여자들이 불상과 동자상과 장군상에 안료로 눈썹과 눈과 입과 옷을 칠하고 있었다. 작업복 차림의 남자가 반색을 했다.

"아, 그 분이 말씀하신 분이죠? 어서 오세요."

그분이란 여자의 남자 동료였다. 여자는 목례를 하곤 저마다 자기 일에 몰두해 있는 사람들 틈에 거북스레 끼어 앉았다. 낡은 에어컨은 자꾸 다운이 되어 실내는 후텁지근했다.

견본대로 알맞은 색을 만든 후 동자상 얼굴에 살색을 칠하고, 머리카락과 눈썹과 눈은 검정색을 칠하고 붉은색 입술을 그려 넣었다. 아까부터 무뚝뚝한 얼굴로 유심히 바라보고 있던 남자의 입가에 희미한 미소가 피어올랐다.

"많이 그려 본 솜씨네요. 전에 이런 일 해 보셨어요?"

남자가 탄성을 내뱉으며 여자를 신기한 듯 훑어보았다.

"이 일은 처음이고 비슷한 일 해 봤어요."

여자가 무뚝뚝하고 짧게 대답했다.

"더 이상 가르칠 게 없네요. 하산해도 되겠어요."

"그럼 저에게 벌써 그만두란 말씀이세요? 하하"

남자의 농담에 여자도 소리 내어 웃었다.

여자는, 그동안 단청하는 중간에도, 아동 미술 지도자 과정이라든가 핸디 페인팅 등 자격증을 요하는 사람들을 위해 대학 평생교육원, 문화원, 여성회관, 백화점 문화센타 등을 다니면서 강의를 했다. 보수라야 차비 빼고 나면 얼마 되지 않지만 어디든지 갔다.

갑자기 독극물의 독한 내와 부연 연기가 컨테이너 박스 사이로 들어왔다. 순간, 여자의 목이 따끔거렸다. 다른 사람들은 모두 엄숙하고 진지할 뿐 괴로움이나 노동의 어려움 따위는 찾아볼 수 없었다.

불상은 과거에는 돌이나 나무를 많이 사용했는데 요즘은 값이 비싸 주로 플라스틱이나 알루미늄 등 어떤 틀에 부어 만들었다. 갓 찍어 내어 아무런 겉치장을 하지 않았을 때는 발가벗은 마네킹에 불과하지만 바탕에 살색을 칠하고 눈썹과 입술을 그리고 금박으로 마무리를 하고 나면 첫 느낌과는 달리 귀기 같은 게 느껴졌다. 여자도 신앙심이 생겨 저도 모르게, 여기에서 일하는 사람들 모두 좀 잘 되게 해 주세요, 하고 마음속으로 빌었다.

이번엔 앉은뱅이 불상에 금박을 입히는 일이었다. 책상에 올려놓고 얇은 금종이를 붙이기 위해 들자 속이 비어 번쩍 들어 올려졌다. 불상이 다 그런 건 아니지만 유난히 가벼워 가짜 같았다.

"오늘 저녁 내에 배달해야 하니까 이것부터 해 주세요."

반장이 옆 동에서 남자들이 만든 선녀상 마네킹을 가져왔다. 새로 주문 들어와 시간이 촉박한가 보았다. 여자는, 앉은뱅이 불상과 금종이를 제쳐 두고 다시 물감을 풀어 선녀상의 몸체에 살색을 칠하고 파스텔톤으로 날개옷을 그리고 소매엔 색동을 그려 넣었다.

갑자기 집채 만한 비행기가 요란한 소음을 내며 컨테이너 박스 위로 치솟았다. 갑작스런 굉음과 먼지와 바람에, 낡은 에어컨이 멎자 실내는 찜통 속처럼 더운 바람이 훅 끼쳐 숨이 막혔다. 반장은 설명하던 걸 멈추고 얼굴을 찡그리며 창문 밖을 올려다보았다. 비행기는 바퀴에 껌 붙은 것까지 눈에 띨 만큼 가깝게 떠 있었다. 귀청이 찢어질듯 요란한 굉음을 남긴 채 사라졌다. 한바탕 지진이 훑고 간 자리처럼 산만했다.

여자는 옆에 있는 사람들을 훔쳐보았다. 처녀 때 여자가 그러했듯이 눈부신 비상을 꿈꿀, 스무 살에서 갓 서른을 넘긴 한창 멋 부릴 미혼 여성들이 어쩌다 이런 열악한 환경에서 일하게 되었을까? 그들에게서 노동의 어려움이나 환경에 대한 불만은 찾아보기 힘들고 모두 열심이었다. 숨 막히는 독극물과 먼지와 소음 속에서 일하는 그들이 안타까웠지만 그들은, 그림 자체, 칠하고 그리는 게 좋아서 하기 보다는 가난해서, 외모를 따지는 사무실에서 받아 주지 않는 사람들일 것이다. 실은, 여자도 남편이 싫어서 집을 떠난다고 했지만, 여자의 남다른 관심과 취미는 다른 데 있었다. 돈이 있다면 나무로 집 짓기, 세계 와인 생산지 등 까페 동호인들과 함께 돌아다니는 것 등이었다. 지금은 형편이 안 되어 꿈꿀 수도 없지만 말이다.

"점심식사 혀유."

얼굴이 네모나고 몸피가 두리뭉실하고 목이 몽톡한 여자가 안을 들여다보았다. 언뜻 보면 긴 생머리를 한 가닥으로 묶어 젊어 보이지만 가까이 보자 기미로 얼룩지고 검붉은 얼굴빛이어서 꽤 나이 들어 보이는 중년 여자였다.

"밥 먹고 합시다."

반장의 목소리에 여자도 쥐고 있던 붓을 놓고 여섯 명의 사람들을 따라 일어섰다. 출입문을 나와 모퉁이를 돌아 창고 비슷한 비닐하우스로 들어갔다. 여자의 눈에 들어온 것은, 넓은 들마루에 늘어 놓은 지저분한 살림 도구들이었다. 전기밥솥, 크고 작은 냄비, 플라스틱 김치통, 후라이팬, 알루미늄 찜통, 주전자가 피난민 살림살이처럼 쌓여 있고, 그 옆엔 거적때기 같은 이불, 짐승의 썩은 내장같이 구겨진 옷가지와 때에 절은 담요와 신문지와 박스때기가 쓰레기 더미처럼 쌓여 있었다. 한쪽 귀퉁이 움푹 패인 질펀한 땅 위엔 죽은 쥐가 둥둥 떠 있고, 휴지 조각과 오물들과, 더러 개구리도 뛰어 다녔다.

여자는, 결벽증 환자도 아니었고, 깔끔을 떠는 성격도 결코 아니었지만 이런 지저분한 환경은 평생 처음이어서 더러운 속옷을 입고, 더러운 의자에 앉아 있는 것처럼 께름칙했다. 이제껏 여자가 보아 온 것 중에 가장 너저분하고 더러워 구역질이 나올 지경이었다. 여자가 머뭇머뭇하자,

"여기 앉으세유."

생머리의 주모가 등받이가 달린 파란 플라스틱 의자의 먼지를 털어내 주었다. 금방 엉덩이와 등에 오물이 묻을 만큼 때와 먼지가 덕지덕지 낀 의자였다. 여자는 엉거주춤 걸터 앉으면서도 여기저기 근지러운 것도 같고, 코가 매캐하고 눈이 아린 것도 같았다.

주모가 밥을 퍼 제일 먼저 여자에게 내밀었다. 반찬은, 신 김치와 상추와 깻잎과 풋고추와 오징어젓갈과 멸치볶음이었다. 싱싱한 야채조차도, 쥐 오줌이나 바퀴벌레 알이 묻은 것처럼 불결해 보여서 선뜻 손이 안 갔다.

여자가 젓가락으로 밥알을 세듯 께적거리자, 주모가 자꾸 곁눈질했다. 아니, 샌달을 벗고 평상 위에 올려 놓은 여자의 하얀 발과 가지런한 발톱과 손톱에 칠해진 빨간 매니큐어를 훔쳐본다.

사기를 당하기 전까지는 시댁 덕에 좋은 집과 명품 옷과 좋은 음식만 먹고 살아온 여자였다. 그녀의 주위엔 수중 카메라와, 스쿠버다이빙 장비와 비싼 망원렌즈와 좋은 차와 명품이 즐비할 때도 있었다.

어느 날, 남편은 아무짝에도 쓸모없는 여행용 명품 가방을 사 왔다. 가방 포장을 뜯으며 뭔가 들떠 있는, 호들갑스러운 모습을 보고 여자는 남편의 사치스러움이 싫었다. 당장 꼭 필요한 물건도 아니고 명품 가방은 집에 지천이었다. 여자는, 무표정하게 싸늘하게 바라보았다.

"왜에~ 가방 멋지잖아. 이 가격으론 절대 못 사."

히히덕거리는 것이 정신 나간 남자로 보였다.

여자는 남편에게 그게 지금 꼭 필요했어? 갈퀴눈을 뜨자, 다른 방에서 엿들은 시어머니가, 우리 집 그렇게 못 먹고 못 쓰고 산집 아니니까 사고 싶은 거 있으면 사게 내버려 두라고 했다. 아주 기분 나쁘기만 한 것은 아니었다. 땅값이 엄청 오를 때마다, 한 평에 몇 만 원씩 하던 땅이 십만 원권 수표로 한 평을 가득 덮을 때, 운명이 베풀어 준다는 들뜸과 우쭐함도 컸다.

세상에 돈으로 사지 못하는 것이 없듯 돈이 척척 쌓이는 것, 부자들이란 최고급품으로 휘감아 우아하게 늙어 가는 것이 나쁠 건 없었다. 하지만, 뒤에서 평생 뼈 빠지게 일하고 아껴도 집한 칸 사지 못하는 사람들도 생각해야 옳지 않은가. 이들이 집을 살 수 없도록 땅값을 올려 놓아 넘치는 돈으로 잘 먹고 잘 사는 일이 올바른 일인가. 돈을 쓰면서도 여자는 늘 가난한 사람에게 죄짓는 기분이고 떳떳치 못했다. 땅 투기로 떼돈을 번 부모덕에 호화스럽게 산 사람이 사치한 생활습관을 하루아침에 고치기 힘들듯이, 남편의 낭비벽이, 부유함이 못미덥고 불안하고 아슬아슬했었다. 늘 남편이 돈을 물 쓰듯 쓸 때마다 씀씀이 큰 습관을 버리지 못해 가난해질 것 같은 불안 속에 살아온 그녀였다. 아니나 다를까, 시어머니는, 수십 만 평의 땅을 사기당했고, 투기하는 곳마다 내려갔다. 돈 쓰는 것을 즐기는 시댁 식구들은 우왕좌왕했고 그 충격에 시어머니는 돌아갔다. 평생 학교생활 외에, 직장도, 사회 활동을 해 본 경험이 없는 남편이 폐인 되는 건 하루아침이었다. 여자는 자신이 없었다면 남편은 자살을 했거나 세상을 살지 못했을 것이라는 생각을 하곤 했다.

"실은, 여긴 지대가 낮아서 바람이 많이 불고, 비가 많이 오면 쓰레기 들이 밀려와유. 미처 치울 새가 읎어서 지저분혀유. 밥만 끓였지 반찬은 집에서 다 만들어 온 거니까 그냥 드세유."

여자의 눈치를 보던 주모가 말했다. 여자는 고맙다는 표시로 입모습으로만 웃어 보이며 물그릇을 두 손으로 받았다.

3

문득, 누워 거울을 보던 그녀는, 발작처럼 머리에 갈색 물을 들이고 싶었다. 민소매 원피스인 채로 집을 나와 미용실을 찾았다. 땅만 보고 걷다가 하늘을 보았다. 캄캄하다. 서울에서는 어느 날 보니 개나리가 흐드러지게 피어 있었고, 건물이 우뚝 서 있곤 할 만큼 집안에 갇혀 지냈다. 우울증을 앓고 있던 그녀였다.

하지만, 이곳에 온 후론 공연히 들뜨고 새롭고 행복하다.

반찬과 잡화, 채소가 켜켜이 쌓여 있는 마트를 지나고 갈비 집과 횟집과 순대국밥집, 해장국집 등 식당은 즐비해도 미용실은 보이지 않았다. 집을 떠나와 혼자 생활하는 사람들이 많은지 외국인 노동자도 간혹 보였다. 주변에 빌라 몇 채와 온통 동화 속의 집처럼 뾰족 지붕의 고만고만한 원룸과 모텔이 많은 동네도 지났다. 아무리 봐도 온통 낯선 풍경이어서 갑자기 외딴 곳에 유배된 느낌이었다.

미용실은 눈 씻고 볼래야 없었다. 포장마차 옆으로 난 길을 돌자, 가로등도 없는 깜깜한 길이었다. 앞 쪽으로 걷다가 집 방향을 잃어버렸다. 문득, 누군가가 손지갑을 나꿔 챌 것 같은 불안감에 무섬증이 일었다. 어둠이 짙어져 자동차 정비소와 철물점은 외등만 차갑게 빛났다.

역기, 턱걸이, 운동기구와 어린이 놀이기구가 즐비한 나무로 만든 벤치가 있는 공원 비슷한 곳을 만났다. 주변에 고만고만한 원룸과 투룸 사이에 땅을 울퉁불퉁하게 파헤쳐 놓은 아직 완성되지 않은 조잡한 공원이었다. 주택가 공원이었으면 거동이 불편한 노인들이나, 운동을 하러 나온 사람들로 득실거렸을 텐데 사람하나 없이 고즈넉했다. 앞으로 걷다가, 자취생을 겨냥한 책상과 의자와 조잡한 중국산 가구를 파는 가구점이 눈에 띄었다. 폐점 시간인지, 남자가 문 밖에 내어 놓은 신발장과 미니 장식장,

티브이 진열대 따위를 안으로 들여 놓고 있었다.

"여기, 원룸 중에 '화이트 캐슬'이 어디에요?"

여자가 소리치자, 미니 장식장을 든 채 남자가 소리 나는 쪽으로 돌아보았다. 남자가, 의아한 얼굴로, 어둠 속에 서 있는 여자를 쳐다보았다.

"화이트 캐슬이라, 어디서 보긴 봤는데 통 기억이 읎네유."

남자의 목소리를 들으면서도 여자는 주변을 두리번거렸다. 아무리 찾으려 해도 여자는 숙소인 '화이트 캐슬' 쪽이 어딘지 방향을 알 수가 없었다. 분명 이 길이었는데 그 길이 그 길 같았다. 찾기 위해 택시를 타려고 도로 쪽으로 얼마쯤 걷고 있는데, 등 뒤에서 자동차 크락션이 울렸다.

"아직 못 찾으셨슈? 제 트럭에 타 보세유. 전 퇴근 길인디 저랑 같이 찾아보쥬."

약간 낯선 사람에 대한 두려움도 잠시, 여자는 가구점 사내의 트럭에 훌쩍 올라탔다. 여자는 워낙 길치였다. 더구나 밤눈도 어둡다. 낯선 동네를 늦은 저녁에 나온 게 실수라면 실수였다.

"날씨가 덥쥬? 보아하니 여기 분은 아닌 것 같은데, 워디서 오셨슈?"

"네에, 서울에서 일 때문에 어제 이곳에 왔어요."

여자의 말이 떨어지기도 전에, 저어기, 저기가 화이트 캐슬유, 인저 찾으실만 허시쥬? 했다. 지척에 두고도 빙빙 돌아다닌 자신의 어리석음이 어이없었다. 남자의 휴대폰이 울렸다. 가는 중유. 알었어유. 길 찾는 손님유. 말은 해 볼게유. 전화를 끊고 여자에게, 저녁 안 드셨으면 저랑 같이 가실류? 저기서 우릴 보구 있네유. 실내 포장마차 넓은 창가에 앉아 있는 두 사람을 눈으로 가리키며 가구점 사내가 말했다. 여자 마음속에 갑자기 여행길에선 마음껏 풀어지고 싶은 욕망이 들솟았다. 웃음으로 답하자 허락하는 것으로 아는지 금세 바로 코 앞 실내 포장마차 앞에서 트럭을 세웠다.

다섯 평 정도의 좁은 가게 안에 서넛 혹은 대여섯 명씩 짝을 진 남녀들이 득실거리는 포장마차 입구는, 짚으로 엮어 출입문을 만들고 대나무 발 위에 조화로 된 능소화와 박넝쿨로 치장해 천박하고 조악한 곳이었다.

여자는 잠시 망설였지만 술이 마시고 싶었다. 단둘이 아니라니 거리낄 것도 없다. 에스키모 인의 얼음집 비슷한 황토 흙으로 된 아궁이 앞에서 삼겹살이나, 꼼장어, 전어, 갈치구이 조개 등을 구워 파는 특이한 집이었다. 자세히 보니 입구와 다르게 안쪽엔 깨끗이 닦인 반들반들한 냄비가 켜켜이 쌓인 주방 쪽에도 손님이 많았다.

여자는 가구점 사내의 뒤를 따라 들어가며 일행에게 목례를 했다. 양철 탁자를 가운데 두고 앉아 있던 신사복과 작업복 차림의 남자가 가구점 사내와 여자를 보고 자리에서 일어나 선뜻 자리를 내주었다.

아궁이 앞 숯불에 구운 삼겹살이 다시 오고 소주잔과 물수건이 오는 동안 통성명을 했다.

"불청객이 끼었어요. 실례가 안 되는지 모르겠어요."

여자가 미소 짓자 신사복과 작업복 차림의 두 남자와 가구점 사내의 눈이 한꺼번에 여자를 훑고 지나갔다. 가구점 사내는 어둠 속이라 여자를 자세히 보지 못했던가 보았다. 여자는 모른 척 시선을 딴 데 두었다. 그곳에서도 '화이트 캐슬'은 눈에 빤히 보여 주위엔 어둠이 짙게 깔려 있었다. 여자는 순간, 참 사람의 일이란 한 치 앞도 모를 일이구나, 엊그제 서울에서 난감한 표정으로 맥을 놓고 있던 것이 오늘 밤, 이런 낯선 곳에서 낯선 사내들과 만나 함께 자리한다는 것이 꿈속의 일처럼 추상적이고도 비현실적으로 느껴졌다. 에어컨이 돌아가 시원했지만 실내는 담배 연기와 고기 굽는 연기로 자욱했다. 때때로 눅눅하고 후텁지근한 바람이 출입문 입구에서 들어오곤 했다.

"여기 물 좀 줘유."

가구점 사내의 말끝에 김 소장이라 불리는 신사복은, 난, 물은 싫어해. 여자 분비물도 싫어하니까, 색적인 농담을 하곤 저 혼자 낄낄 웃었다. 어깨판이 넓고 이목구비가 또렷하고 신사처럼 보였지만, 농담 한마디에 젊었을 때부터 건들거리고 돌아다닌 난봉꾼 표가 났다.

작업복은 애칭으로 변사또라 불렸다. 대화 내용을 들어 보아, 두 남자는, 땅 투기로 보령에 온 경상도 사람들이고, 여자를 태우고 온 가구점 사내는 보령 사람인가 보았다.

"오늘 놈현, 북한 가따 왔두먼."

손목에 찬 금시계를 버릇처럼 들여다보며 김 소장이 심드렁하게 말했다.

"놈현 그놈이 무식해서 말이야, 다 퍼줄라카대. 국민이 세금을 죽자사자 내이까네 김정일 똥꼬 닦는 데 다 쓸라카나. 신의주까지 열차 운행해도 역사 지어 주야지, 철도 놔 줘야지. 통일 되믄 뭐하노? 이대루가 좋지."

덧붙여 말하는 김 소장은 더 심한 경상도 사투리를 썼다. 변사또는 특징 없는 얼굴로 말이 없었다.

"그럼 전쟁이라두 나믄 좋겠슈? 통일 되어서 열차 타고 신의주까지 달려 보구 싶어유 난. 지금 통일 안 허믄 원제 통일허여. 대한민국이 세계에서 유일한 분단국간디 후손들에게 고스란히 분단된 나라루 물려주나 그럼?"

가구점 사내가 말했다.

"통일? 흐흐. 니는 말을 해도 저어쪽 전라도 빨갱이 말하듯 하노. 사상이 꼭 그 짝 사람 같다. 나는 공산당 싫다. 얼매나 잔인하노? 옛날에 간첩 보내능 거만 봐도 알고……."

간첩사건은 이미 과거 정부가 독재정권에 이용하기 위해 인혁

당 사건이니 뭐니 해서 조작된 사실이었다. 하다못해, 제대로 보도하는 신문 한 줄만 읽어도 아는 사람은 다 알고 있는 사실을, 항속에서 살아 저런 답답한 말을 할까, 설명하기 무엇한 착잡함이 여자의 가슴을 짓눌렀다. 아니, 잠시나마 낯선 도시에서 낯선 사람과 술 한 잔으로 마음을 데워 볼 기대감에 부풀어 있던 것이 설명할 수 없는 실망감에 혼자 쓸쓸히 웃었다.

김 소장의 말에 가구점 사내가 눈살을 찌푸리며 씨월댔다.

"제 말이 뭐가 잘못됐슈? 츠암나, 이 나라는 바른 말만 하면 빨갱이 운운하면서 욕허대유. 그나 저나 누구 찍을튜? 이번 대통령 말유."

가구점 사내가 씩둑대다가 여자를 보며 말머리를 돌렸다. 12월에 있을 대통령 선거 이야기였다.

"나는, 경제 살리는 대통령 찍을란다."

김 소장이 채뜰어 말하자 가구점 사내가 말했다.

"난 싫유, 오천만 명 중에 그렇게 사람이 없어서 도덕성이 없는 사람을 대통령으루 뽑는데유?"

그 말은 여자도 공감했다. 허구헌날 흥청망청 쓰고 외식에 삐까뻔쩍하는 차에, 넘쳐나는 음식물 낭비와 지구는 몸살을 앓을 지경인데 더 낭비하기 위해서 경제 살리는 대통령을 뽑자니 더 불안했다.

"거꾸로 가거나 바로 가거나 박정희 대통령처럼 경제만 살리면

됐지 머가 더 중요하노?"

"치잇 박 대통령이 잘 헌게 뭐 있어유, 솔직히 그 당시에 가난하게 산 우리 부모님들이나 전 국민들이 열심히 일허구 절약해서 경제 살렸고, 인권만 탄압했쥬. 옷을 맘 대루 입게 했나, 노래도 맘대루 못 부르게 허구. 지금 그렇게 독재하면 참을 사람 아무두 읎을뀨. 18년 동안 정치해서 그 정도 못하는 지도자가 워딨슈. 개뿔이나, 난, 독재는 싫어."

"좆 들구 퉁소 부는 소리 고마해랏. 독재는 먼 독재. 머리 기루치 말고, 짧은 치마 입지 말고, 이상한 노래 부르지 말고, 데모하지 말고, 일이나 열심히 해서 잘 살아 보자꼬 단속한기 머 잘못이가? 그기 독재가?"

"그럼 그때 이유 없이 간첩 죄 씌워서 고문하구, 바보 되구, 쥐도 새두 물르게 죽은 사람, 언론의 자유, 표현의 자유 말살하고, 복지정책 하나도 신경 안 쓰구…… 잘못형 게 잘헌 일이유? 왜 그말은 빼유?"

참고 있던 가구점 사내가 한마디 내쏘았다.

변사또는, 그러거나 말거나 여자에게 술을 딸았다. 여자는 사양해 오다가 마셨다. 도수 약한 소주는 단순한 물이지만 마시다보면 취하겠지 그런 생각이었다. 아니, 얼른 취해서 숙소로 돌아가 몸을 뉘이고 싶었다. 취한들, 혼자 있는데 뭐 대수랴. 아니, 집을 떠나와 남편의 부숭부숭한 얼굴을 마주 대하지 않는 것만으로도 불안감이, 혼란스러움이, 답답함이 씻기는 듯했다.

"전라도 사람 씨 말려 버리라구 탱크 대포 들이 밀어 앰한 사람 죽인 절대 찍으면 안 돼. 그 죄를 다 어떻게 받을려구."

변사또가 중얼거렸다. 어느 결에 시켰는지 아나고 구이와 소주가 다시 탁자에 놓여졌다.

사내들이 꼬치꼬치 묻는 바람에 취중이어서 입 가벼운 여자처럼 해롱거리며 보령에 온 경위와 숙소인 '화이트캐슬' 까지 까발려 나불거린 것 같다.

"보소, 자, 한잔하소. 예술가는 술도 잘해야 되능기라. 참, 이 사장, 니, 내 와 무시하노?"

"예? 지가 왜 소장님을 무시허유, 보령 바닥에 소장님 무시헐 사람 아무두 읎슈."

"내가 무슨 말만 하마 토를 달잖아."

"참나, 바른 말두 못 헌대유?"

김 소장과 가구점 사내가 티격태격했다. 여자는, 이쯤에서 돌아가야 된다고 생각했다. 이 부류들도 취하면 정신 이상자 되어 나중엔 서로 삐지고 치고박는 싸움으로 끝낸다면 골치 아픈 것이다. 여간해서 쉽게 일어설 기미가 안 보여 여자가 먼저 일어섰다. 가구점 사내가 눈을 게슴츠레 뜨고 여자의 팔목을 세게 잡아 자리에 도로 앉혔다. 여자는, 느물느물하고 주접떨고, 농지거리 하는 남자를 싫어했다. 느물거리고 느릿한 말투보다 까칠하고 히스테릭한 형의 남자를 선호했다. 하지만, 술 탓에 무뚝뚝하고 딱딱하고 냉정하고 싸늘하게 보이던 여자의 눈가에 장난기 어린 웃음이 번졌다. 여자는, 실없는 소리하면서 노닥거리는 남자들도 좋게 봐졌다. 어느새 술이 취해 가면서 쉽고 유들유들하고 느슨해져 도로 털썩 자리에 앉았다.

"아줌니, 눈웃음 웃을 때 눈이 샐쪽 올라가는 기 애교가 철철 넘쳐유. 젊어서 미인이었었어유."

가구점 사내가 눈을 가늘게 뜨고 혀 꼬부라진 소리로 말하곤 여자의 가슴을 슬쩍 만졌다.

"뻥 부라네, 히히."

여자도 나사 빠진 사람처럼 히히 웃었다.

김 소장이 물주인 듯 계산을 치르고, 여자의 손목을 거머쥐고, 도로를 낀 포장마차 옆으로 막걸리집, 횟집, 까페를 지나, 오 층짜리 건물 중앙의 노래방으로 끌고 들어갔다.

김 소장이 카운터 남자에게 노래방 비를 지불하면서 도우미까지 청했다. 화장실 쪽으로 걸어가는 여자의 뒤를 따라와, 금방 나올 거지예, 하고 참견했다.

화장실에서 나오자 김 소장이 입구에서 기다리고 서 있었다. 그러고 보면 김 소장은, 여자가 화장실에 갈 때도, 노래방에서도 여자의 지갑을 먼저 챙겨 들고 손목을 잡았던 걸로 보아 여자가 도망갈까 봐 호시탐탐 감시하고 경계를 풀지 않았던 것 같다. 어쩌면 포장마차에서부터 여자가 만취할 때까지 기회를 노리고 술을 권했을 것이고 여자는 물마시듯 들이켰을 것이다. 그건 김 소장이 여자를 몰라 하는 짓이었다.

여자는, 놀다가 이런저런 일로 슬그머니 도망치는 짓거리는 하지 않았다. 노는 것에 정신이 팔려 몇 시나 됐는지 누구와 약속을 했는지, 아이들이 올 시간인지, 저녁 지을 시간인지 염두해 둬 본 적이 없다. 어느 때는 마트에 갔다가 친구를 만나 생맥주 딱 한잔하고 들어간다는 것이 이 차 삼 차 노래방까지 이어져 세일해서 산 법성포 굴비 한 두름과 콩나물, 삼겹살 두 근이 담긴 비닐백을 몽땅 잃어버린 적도 있다.

시아버지 기일에도 노는데 정신이 팔려 깜빡 잊고 취해 들어간 적도 있다. 오늘은 누구 눈치 볼 것도 없고 기다릴 사람도 없으니 결코 돌아가려 하지 않았다.

동백아가씨부터 발라드풍 가요에 포크송 찍는 사이, 도우미가 맥주를 수도 없이 가져 왔다.

"니, 십 대 맞재? 난, 젖비린내 나는 어린 것은 싫다. 땅 산 사람이 대접한다꼬 이차삼차 갔다가 야리야리한 숫처녀캉 한방에 들었재. 술김에 확 함 해뿟드만 온 천지 피투성이로 울고불고 네 방구석을 헤매는 걸 도망왔다. 내사마 그때 시껍해서 다시는 그런 짓 안 한다."

저런 속물들, 저런 짓들 하려고 땅투기 하지. 도둑놈들, 이러면서 여자는 취해 갔다.

낯선 곳에서 낯선 남자와 함께 어울리는 건 위험한 일이다. 더구나, 신원이 불확실한 남자, 강간범인지 사기꾼인지 살인범인지 모르는 일 아닌가. 여자는 벌떡 일어나 손지갑을 들고 튀었다. 다행히 코앞에 택시가 서 있었다. 안심하고 택시에서 내려 비틀거리듯 '화이트 캐슬'로 들어가는 사이, 어두컴컴한 골목 안에서 검정 차문이 벌컥 열리면서 김 소장이 차에서 나왔다.

"아무리 그래도 이래 서운하게 헤어질 수 없심더. 아까 포장마차에서 보령에 온 이유를 얘기하면서 우는 것 봤고, '화이트 캐슬'에 임시로 있게 될 거란 얘기가 생각나서 왔심더. 한 달가량 여기 묵는다 캤는데, 내가, 한 달 동안 일할 임금, 열 배 줄게 내캉 놀러 다닐란교. 나, 나쁜 사람 아임다. 지금 우리 마누라 외국 여행 중이고, 올 때까지 적적해서 못 살겠다 마. 같이 놀러 다니고, 춤추고 노래하고 술 마시고 이러면 됩니더. 보소, 이것 보소. 내가 산 땅이 억수로 올라서 당신 한 사람 먹여 살리고 호강시키는 건 일도 아니다 마."

이건, 유학 간 우리 딸, 이건 군대 간 우리 아들, 이건 우리 와이프. 김 소장이 더듬더듬 휴대폰 속에 저장된 사진들을 보여 줬다. 올림머리의 여자와 두 남매의 사진은 한 폭의 그림이었다. 큰 키와 너털웃음과 신발을 벗고 탈 정도로 깨끗하고 좋은 차와 다이아몬드 반지, 금시계. 번쩍거리는 구두와 골프로 손에 굳은

살이 박힐 정도의 여유로움과 모든 것이 안정된 가정처럼 보였다.

땅 투기해서 어깨에 힘주고 명품을 걸치고 다니면서 없는 사람 기죽게 하는 졸부 돈 내가 좀 갈취한들 무슨 죄인가. 정당하게 번 돈이 아니고, 다 도둑질해서 번 돈을 좀 빼앗아 먹는 건 죄도 아니다 싶었다. 밑천이 드는 것도 아니고, 젊고 섹시한 여자들도 할 게 없는데 몸 한번 판다 생각하지 뭐. 아니, 때때로 솟구치는 성적인 갈망 때문에 혼자 몸부림한 적도 있지 않은가. 피할 수 없으면 즐기자. 지금 내게 이런 기회는 다시 오지 않는다. 내 평생에 이렇게 의리 있는 남자는 없었다. 이것도 복이다. 여자는 그렇게 위로하며 정당화하다가 술이 확 깼다. 미쳤지. 아아 이래서 나쁜 년이 되는구나. 안 되지, 난 아냐. 내가 아무리 가난하기로서니 너 같은 졸부랑 놀아나겠냐? 차라리 가난한 땡중한테 보시하는 게 낫겠다.

여자는 취해 비틀거리며 혼자 중얼거렸다. 여자의 낮은 중얼거림이 눅눅한 새벽 공기로 스며들었다.

작가의 말

　차차 나이를 먹으면서 전에는 미처 보지 못했던 주위 사람들의 삶이 보이기 시작했다. 그들의 삶을 리얼하게 묘사하기 위해 고치고 또 고치면서 내 일상을 통제하고 불행을 극복했는지도 모른다. 이렇게라도 쓸 수 있게 늘 관심 가져 주시고 이 책이 나오기까지 힘써주신 작은숲과 주위 모든 분들께 감사드린다.

2017년 7월

보령에서 서순희

발문
한 땀 한 땀 퇴고하는,
아름다운 소설가

김종광(소설가)

농촌 이야기에 사투리 문체 소설들에도 창대한 계보가 있다.

조선시대 전(傳)까지 거슬러 올라가기는 그렇고, 1920년대의 김유정(金裕貞)으로부터 심훈(沈熏), 채만식(蔡萬植), 이기영(李箕永), 이무영(李無影), 김정한(金廷漢), 오영수(吳永壽), 이문희(李文熙), 박경수(朴敬洙), 이문구(李文求), 방영웅(方榮雄), 박영한(朴榮漢)……

서순희 작가의 네 번째 소설집 『빙도(氷島)』의 소설들을 읽으면서, 나는 농촌 · 방언으로 당대를 치열하게 기록했던 위대한 작가들이 저절로 떠올랐다. 서순희는 농촌 · 방언작가들의 기특한 수제자임에 틀림없다.

그중에서도 누구의 영향을 가장 많이 받았을까. 서순희 작가를 아는 이들은 당연히 이문구 선생님을 떠올릴 것이다. 하지만 나는 '가난한 농민들의 삶을 통해 민족적 현실의 모순을 신랄하게 파헤쳐 농촌 문학의 새로운 차원을 개척하였다'고 백과사전에 기록된 요산 김정한 선생님이 가장 가깝게 다가왔다.

서순희의 소설들은 '가난하고 무력한 농촌 소도시 사람들의 삶을 통해 사회 구조적 현실의 모순을 신랄하게 파헤친다'는 느낌이 강했기 때문이다.

이문구 선생님의 소설을 떠올리려면 일단 웃음이 있어야 한다. 해학과 풍자와 입담의 걸쭉한 농담 말이다. 서순희 작가의 소설에도 해학·풍자·입담이 기본으로 장착되어 있다. 하지만 서순희 누님의 소설은 독자를 웃기려는 의지가 없다. 그럼에도 불구하고 빵 터지게 웃기는 장면이 가끔 나오지만, 기본적으로 웃기 힘든 이야기다.

웃어 주고 싶어도 웃기 힘들게 만드는 불우한 이웃들이 참 갑갑한 상황에 처해 있다. 해결책 없는 미래를 마주하고 있을 뿐이다. '웃슬픈'(비애, 페이소스)과도 거리가 있다. 슬프면 슬픈 거지 웃기면서 슬픈 게 가능하냐고 따지는 듯한 캐릭터들은 정의를 갈망한다. 그래서 '쓸데없이 웃기고자 하는' 것을 거부하는 듯한 서순희는, 요산 김정한 선생의 '적나라한 농촌 현실의 해부' 작업을 계승하고 있는 진지한 투사형 작가에 가깝다.

좀 이상한 일이다. 내가 알기로 서순희 작가는, 누님은 잘 웃는다. ‘웃음의 여인’이라고 해도 지나치지 않다. 누님을 떠올리면 무엇보다 호쾌하게 웃는 얼굴이 선연히 그려진다.

나는 나보다 열두 살이나 많은 서순희 작가를 감히 싹수머리 없게 ‘누님’이라 부른다. 누님을 처음 만난 것이 1998년, 지금으로부터 20년 전이다. 내가 스물여덟, 누님은 불과 마흔 살이었다. 누님은 ‘사모님’ 혹은 ‘선생님’으로 불리는 것을 끔찍이 싫어했다.

1998~2001년, 아는 사람은 알겠지만, 누님이 ‘천보당’이라는 귀금속점의 안주인이던 시절이다(이번 소설집에 실린 ‘쥬얼리’는 천보당 시절의 기억을 재구성한 것인 듯). 나는 천보당에서 불과 도보로 이백 미터쯤 떨어진 철둑집에 자취했다. 누님과 아동 문학가 안학수 선생님께서는 자애로운 숙모·숙부처럼 나를 챙겨 주었다. 아, 두 분께 밥을 얻어먹고 술을 얻어 마신 게 대체 몇 회란 말인가! 셀 수 없다. 천보당이 재정난에 휩싸여서 결국엔 폐업하게 된 여러 가지 까닭 중에 내가 마신 어마어마한 술도 포함되어 있지 않을까, 오래도록 죄송했다. 암튼 두 분과 거의 날마다 만났고 일주일에 1회 이상 술자리를 가졌다. 두 분은 일심동체의 모범을 보이시듯 언제나 함께 움직였다. 물론 우리 셋만 함께한 경우는 드물었다. 보령 고을의 출중한 문화예술인, 충청도의 빛나는 작가들, 전국 각지에서 왕림한 유명 문인 및 예술가……

그들 사이에서 누님은 언제나 통쾌히 웃었다. 아니, 웃어 주었다. 제 아무리 말주변 부족하고 재미적은 이야기를 하는 분도, 누님 덕분에 서먹하지 않았다. 누님은 한마디로 웃음꽃 같았다.

그런데 누님 소설에는 웃음꽃이 없다. 나만 이상한 건가? 사람들 사이에서 그토록 잘 웃어 주는 사람이 왜 자기가 쓰는 소설 안에서는 웃지 못하는 것일까.

누님은 웃음과는 거리가 먼 성장 과정을 거쳤다.

서순희 작가는 1959년 충남 보령에서 태어나 대구에서 자랐다. '부모님 말씀에 의하면 세 살 때 소아마비를 앓아 사 년 동안 사경을 헤맸다. 이 병원 저 병원 다니는 동안 돌팔이 한의사에게 침을 잘못 맞아 오른쪽 다리가 불편하다.' 누님의 첫 장편소설이자 최고 유명작인 『순비기꽃 언덕에서』는 '자전적 이야기'다. 궁벽한 산골에서 태어나 불구로 자란 소녀의 유년시절이 얼마나 가혹했는지를 냉정하게 보여 준다.

서순희 작가는 초·중·고등학교를 대구에서 졸업했다.

1981년(스물두어 살 때) MBC 라디오드라마 소재공모에 당선되었다.

고향 보령에서 천보당을 운영하던 안학수 씨와 중매로 맺어졌다. 두 분의 인터뷰 기사를 살펴보면, 두 분은 첫 만남 당시 별로였던 것 같다. 여자는 '잠자리 날개' 같은 멋쟁이 옷을 입고 나갔고, 남자는 결혼할 생각이 없었으므로 우스꽝스러운 만화시계를 차고 나가 서로에게 비호감을 주었다. 그런데 여자가 '글 쓰는 사람'이라는 것이 남자를 강력하게 움직였다. 남자의 편지에 여자의 마음도 움직여 광복 40주년(85년) 기념일에 결혼하게 되었다.

결혼 후 서순희는 단국대학교 사회교육원 문예창작학과를 수료했다. 보령 고을에서 글 좀 쓴다는 사람이 모여 한내문학회를 결성하는데 서순희도 주축이었다. 그리고 명천 이문구 선생을 만나게 된다.

이러한 배움의 세월 동안, 누님은 기쁘면서도 어이없는 상황에 처하게 된다. 자기를 '작가'라고 우러러보던 남편 안학수가, 문학이 뭔지 알지도 못하던 사람이, 이문구 선생께 먼저 인정받고, 먼저 화려하게 등단하고(1993년 대전일보 신춘문예 동시 당선), 먼저 책(동시집 『박하사탕 한 봉지』(계몽사,1997))을 낸 것도 모자라, 동시집 『낙지네 개흙 잔치』(창비,2004)로 전국적인 명성을 얻었다. 아내에게 혼나면서 문학의 가나다라를 배웠던 남편이, 얼떨결에 장원급제를 해서는 도리어 아내를 호되게 가르치는 형국이 되어 있었다.

나는 그 상황이 누님을 각성시켰거나 혹은 구렁텅이로 떨어트렸다고 믿는다. 아마추어의 여왕으로 만족하며 살 수도 있었던 누님은, 밑바닥 사람들의 삶을 어루만지고 대변하는 진짜 작가의 길로 뛰어들게 되었으니까. 좀 더 의미 있고 보람 있는 소설에 매진하게 된 것은 각성이라 하겠지만, 그 어렵고 고통스러운 길을 자처했으니 스스로 구렁텅이를 찾아든 것일 수도 있었다.

서순희는 1997년 문예지 『정신과 표현』에 단편 소설 「늪속의 사내」를 발표하면서 작품 활동을 시작했다. 그리고 2005년 한국문화예술진흥원 창작기금을 받았다. 이 창작기금 받기 대단히 어렵다. 1년에 십여 명의 작가에게만 허락되는 성취다. 비로소 누님은 소설을 쓰기 시작한 이후 처음으로 스스로 인정할 만한 쾌거를 이룬 것이다.

누님이 얼마나 노력했는지 나는 증언할 수 있다. 아는 분들은 다 아는 사실이겠지만, 누님은 정말이지 소설 쓰기 힘든 상황이었다.

부군 안학수 선생이 천보당을 폐업하고 전업 작가의 길에 들어서면서 경제 위기가 심각해졌으며, 이 지면에서 시시콜콜히 적기에 곤란한 이러저러한 일들로 도무지 소설에 집중하기가 힘겨운 날들이 이어졌다. 하지만 누님은 자기 주변에서 이야기를 찾아냈고, 그 이야기를 한 땀 한 땀 바느질하듯 써 나갔고, 참 오래 걸려 초고를 완성한 뒤에는, 한없이 퇴고해야만 했다.

누님에겐 소설을 발표할 기회도 거의 주어지지 않았던 것이다. 사실 소설계도 거시기한 면이 있어, 학맥이든 인맥이든 맥이 좀 있다면 보다 많은 기회를 가질 수 있다. 아무 맥이 없는 작가들은 오로지 실력으로 승부해야 하는데, 누님 또한 맥과는 무관한 처지여서, 실력을 인정받기 위해서는 고치고 또 고쳐야 했다. 이 거듭된 퇴고가 바로 누님 소설에 웃음꽃이 피어나지 않는 까닭 중의 하나라고 생각한다.

대천 앞바다에서 저마다 혹독한 결핍의 내면을 지니고 살아가는 사람들, 파도처럼 일렁이는 욕망의 출구를 찾아 몸부림치는 인간군상의 이야기를 그렸다. 금은방 '천금당' 안의 지수, 애모 까페의 윤자, 불편한 다리로 혼수품 가게를 운영하는 말희, 마흔 넘도록 바닷가에서 거칠게 살면서 집이고 몸이고 모양 낼 겨를 없이 살아온 꼬막네, 대학을 졸업하고도 취직을 하지 못한 이유가 뚱뚱하고 못 생긴 외모 탓이라 여긴 연지가 각 단편의 주인공들이다.

  - 인터넷서점 '알라딘' 첫 소설집 『대천동 영번지』(심지, 2006)
책소개

2005년 한국문화예술진흥원 창작기금을 받은 단편들을 비롯해, 퇴고의 끝이 없다는 것을 증명하는 단편들을 모은 것이 첫 소설집 『대천동 영번지』다.

거기에 실린 소설들은 이미 내가 읽어 본 것이었다. 누님은 심지어 나 같은 애송이 작가에게도 소설 봐 주기를 청했다. 내 어줍지 않은 몇 마디도 소중한 가르침으로 여겼다. 정말 누님에게 미안했던 일이 있다. 누님의 소설 여러 편을 한 평론가에게 잘 좀 봐 달라고 대신 보낸 적이 있다. 그 평론가가 완전 빨간 펜을 해서 돌려 주는 바람에 어찌나 당황했던지. 그때도 누님은 전혀 기분 나빠하지 않고 진실로 감사해했다. 그리고 그 빨간 펜을 모범해법처럼 여기고 문장 강화를 위해 용맹 정진했다.

과거에 누님의 문장은 '잠자리 날개 옷'처럼 화려했다. 그런데 이문구 선생님을 비롯해, 훌륭한 작가들을 두루 만나면서, 혼나고 깨지고 빨간 펜 당하고 좌절하고 방황하는 사이에 자기의 문체를 잃어버렸다. 하지만 포기하지 않고 다시 걷기 시작하여 자기만의 문체를 좇았다.

그 고난의 행군 속에서, 『대천동 영번지』는 누님이 이룬 의미 있고도 소중한 결실이었다. 비로소 누님은 자신의 문체를 찾아낸 것이다.

하지만 본명은 잃어버렸다. 많은 분들의 조언에 따라 명천 이문구가 작명해 주셨다는 '서희'라는 필명을 택했겠지만, 개인적으로 나는 『토지』의 여주인공 이름이 생각나서 지금까지도 별로다. 그냥 본명 '서순희'가 낫지 않나. 얼마나(촌스럽지만) 독창적인 작가명인가.

마침내 각고의 세월 끝에, 누님은 자신의 대표작을 세상에 내놓게 된다. 바로 『순비기꽃 언덕에서』이다.

누님 소설을 읽을 때마다 공통적으로 드는 첫 생각이 있다.

'정말 열심히 고치셨다.'

정말 열심히 썼다가 아니라 열심히 고쳤다는 느낌이 제일로 든다. 『순비기꽃 언덕에서』는 퇴고의 아름다움을 보여 주는 작품이 아닐까.

전후의 피해를 복구하고, 개발도상국을 벗어나려던 1970년대를 배경으로, 관계의 순리를 알고 더불어 살아가던 그러나 모진 풍파를 만나는 바닷가 사람들의 이야기를 담은 청소년 소설이다. 빠르게 읽힐 뿐 아니라 진솔한 감정이 불러일으키는 서정성이 돋보이는 작품이다.

아름다운 바닷가 수청구지와 그곳에서 살아가는 사람들을 소아마비로 인해 걷지 못하는 열여섯 장애아 봉희의 눈으로 바라보는 이 소설은 작가의 자전적 이야기이다. 하지만 대개의 자전적 이야기가 가지고 있는 지나친 감정이입이나 자기연민은 찾아볼 수 없다.

작가는 적당한 거리를 두고 '그때'를 회상하며 이를 담담하면서도 섬세한 문체와 정확한 묘사를 통해 그려낸다. 한 폭의 수예품을 보는 느낌을 주기도 하는 이 소설은 부재와 유실에서 기인하는 개인과 시대의 아픔과 그 속에서 생생히 떠오르는 아름다움을 성공적으로 그려 낸다.

— 인터넷서점 '알라딘' 『순비기꽃 언덕에서』(문학과지성사,

2012) 책소개

　『순비기꽃 언덕에서』으로부터 5년 만에, 서순희 작가는 바로 이 소설집 『빙도(氷島)』를 내놓게 된 것이다.

　지난 십여 년 간, 나는 누님을 거의 뵙지 못했다. 하지만 누님이 얼마나 힘겨운 세월을 보내는지는 충분히 들을 수 있었다.

　'성장하는 동안 내내 그 상처가 글을 쓰게 했습니다. 지금은 영화와 음악을 좋아하고, 잘못되어지는 일들에 분노하면서 살고 있습니다'라고 했던 누님은,

　'병수발이 만만치가 않았던지 여자에게 먼저 병이 왔다. 만성적인 두통과 우울증과 불면증 때문에 쇠꼬챙이처럼 말라갔다. 밤마다 소주 한 병을 마시고 잠들었다. 그러다가 주독으로 큰 병을 얻게 되어 시모보다 여자 자신이 먼저 죽을 것만 같았다.'으로 표현되는 「두통」에 오래도록 시달렸을 테다.

　다른 것은 몰라도, 시어머니 병수발하면서 소설을 읽고 쓰는 것은 도저히 할 수 없는 상황이었을 테다.

　하지만 이 소설집 『빙도(氷島)』가 증명한다. 언제 초고가 형성되었는지는 모르지만 그 미완의 것을 고치고 또 고쳤다는 것을. 그래서 모든 소설들에 오래 두고 바라보고 다듬은 흔적이

이끼처럼 파릇하다.

소설을 잘 모르는 이들은 쓰는 것만 어렵다고 생각하지만 실은 쓰는 것은 그다지 어렵지 않다. 그냥 쓰면 되는 일이다. 쓴 것을 책으로 나올 때까지, 남에게 인정을 받을 때까지, 남에게 감동이든 재미든 뭔가를 줄 수 있을 때까지, 고치는 것이 실로 끝없이 고통스러운 일이다. 이번 소설들에서도 그 고통스러운 퇴고의 흔적이 제일감이었다.

그리고 정말 웃기지가 않았다. 그런데 걱정스럽다. 많은 사람들이 웃음과 재미를 동일시한다. 웃기지가 않다는 말을 재미가 없다는 말로 오해하실까 봐 불안하다. 김정한 선생님의 소설들이 증명하는 것이 있다. 쓸데없이 웃으려고 들지 않는 진지한 이야기도 얼마든지 재미있다! 그 증거가 바로 「모래톱 이야기」 아니겠는가.

서순희 작가의 이번 소설들은 '모래톱 이야기' 같은 재미로 충만하다.

그 재미의 원동력은 누님의 분노다. 『대천동 영번지』와 마찬가지로 '저마다 혹독한 결핍의 내면을 지니고 살아가는 사람들, 파도처럼 일렁이는 욕망의 출구를 찾아 몸부림치는 인간군상의 이야기'가 있는 『대천동 영번지』보다 더욱 냉정한 필체로 더욱 격렬하다.

순정한 소설가의 담백한 분노는 나처럼 벌써 늙어 버린 자들의 머리와 가슴을 내려치는 죽비 같다.

더 이상의 스포일러는 생략하겠다. 부디 맛나게 읽어 보시라!

『빙도(氷島)』의 「베트남 여자」에 나오는 문장이다.

"지희 니가 뭐가 어때서? …… 베트남에 있는 어떤 작가가 어느 소설 머리말에 그렇게 썼어. 모든 인간은 별이라고. 크든 작든 꼭 자기만의 별자리에서 자기만의 이름으로 빛나는 영롱한 별이라고…… 그렇듯이 우리 지희도 아름다운 별인데 왜 내가 싫어해?"

위의 문장을 빌려, 순희 누님의 앞으로도 끝나지 않을 머나먼 '쓰기와 퇴고'를 응원한다.

"서순희 작가님이 뭐가 어때서요? …… 모든 작가는 별입니다. 크든 작든 꼭 자기만의 별자리에서 자기만의 이름으로 빛나는 영롱한 작가…… 그렇듯이 우리 서순희 누님도 아름다운 소설가라고……."